DIE WURST. DAS ENDE. DER WELT.

© 2007 Rafael Springer (Hrsg.), Luxemburg
Alle Rechte vorbehalten

Umschlagbild: © Rafael Springer, Untitled (Red Stripes) I + II
oil/canvas, 240cm x 120cm, 2001, (detail)
www.rafaelspringer.com

Herstellung: Books on Demand GmbH, Norderstedt

ISBN 978-2-9599737-0-3

RAFAEL SPRINGER

DIE WURST. DAS ENDE. DER WELT.

EINE ZEITNAHME

Den Störenfrieden, Heimkehrern und Terminatoren gewidmet...

Alles! Zuviel. Alles! Zu weit. Die Zeit. Sie vergeht. Zu schnell! Erbarmungslos. Versickert. Schmilzt. Dahin! Vertieft sich. In Gedankenlosigkeit. Lächerlich! Immer kommen sie. Dazwischen! Die Störenfriede à gogo. Kein Tag ohne Gelegenheit. Verpasste. Nackte. Begierde. Blanker Neid! Das Vernichten der Minderwertigkeit. Ein Muss! Die der zwangsernährten Sekunden. Der wurstigen Zeit. Lästige Überreste eines urigen Knalls. Eines ulkigen Schicksals. Mit zwei geknoteten Enden. Notausgänge gibt es nicht. Zähne, die sie beißen? Können es nicht. Wollen es nicht! Götterzähne? Götterspeise? Sie, die Zeit, fließt durch zu enge Gene. Manipulierte! Stotternde! Ängstliche! Kleinliche! Zeitliche! Und trotzdem ist sie kaum aufzuhalten. Möglichkeiten zu entkommen? Gibt es nicht. Es sind zu gute Knoten! Zu gezerrte. Der Tod. Das Ende. Der Wurst. Je näher dem Ende dieser Wurst, je fester der Knoten. Und dazwischen? Fette Minutenspritzer. Atomare Stundenpilze. Die das Zeitliche segnen. Mit einem Tief nach dem anderen. Dem tiefen Kick der Sucht. Die der täglichen Vorhersage. Wettervorhersagen. Stauvorhersagen. 17 Uhr 15. Die Zeit ist reif. Der Tag flieht. Die Wetterkanäle füllen sich. Die einen mit einem Tief über der Kölner Bucht. Die anderen mit einem Hoch auf die Alzette[1].

---

[1] Nebenfluss der Sauer. Durchfließt Luxemburg.

Ich bin die Alzette! Kein richtiger Fluss. Kein klarer. Bin auch kein klarer Mensch. Kein klarer Denker. Stromlinienförmiger. Kein Geschichtenschreiber. Kein Erzähler. Kein Sinnmacher. Sollen die anderen flüssig reden. Ich kann es nicht. Will es nicht. Nicht so! Nicht jetzt! Nicht hier! Keine Zeit. Keine Lust. Es hat keinen Sinn. Ich knote sie zusammen! Die Stäbe dieses Buchs. Wie Bockwürste. Wie Wortwürste. Schände sie. Schmeiße sie. Zerknirsche sie. In meinen Kopf. In meine Pranken. Mein Dasein! Wie wehrlose Spermien in den Knoten eines Kondoms. Den Gipfel der Lust. Den Zipfel des zwickenden Spaßes. Treibe es mit ihnen. Aus ihnen. Raus! Das Gesagte. Aus Spaß. Und das nicht Sagbare? Schmeiße es glatt auf die Bahre der Unschuld. Die gebleichten Regenwaldscheiben. Schwarz auf Weiß. Binär. Neuerdings. Die stammelnden Schwammzellen protestieren. Die schwabbeligen Stammzellen auch. Sollen sie! Nur zu! Stottert! Lacht! Staunt! In meiner Isolierhaftzelle bin ich der Chef! Alleine! Mit der Zeit. Spiele nur eine Rolle. Statistenhauptrolle. Rolle vorwärts. Im Stillstand! Bin ich die Zeit, bin ich Kanonenfutter. Gewehr bei Fuß. Geladen! Abschussbereit. Spiele betroffen? Nicht so schlimm. Wird schon wieder! Die Experten sind sich einig. Ein endgültiges Aus? Gibt es nicht. Kein endgültiges Aus? Auch nicht. Einerlei. Die Überlebenschance der Zeit ist eingeklemmt. In den Gitterstäben der Würste des Lebensbräts. Ihre Heilung wäre ein Wunder. Ein Skandal. Eine Illusion. Eine weitere. Im jetzigen Einerlei. Die Zeit ist gekommen. Ist eine Wurst. Die Alzette ist eine Wurst. Eine platzende. Sich im Bockwurstplatzen verlierende! Im glühenden Fett. Im expandierenden. Im Nu! Nanu? Tempolimit? Fehlanzeige! Klingt wie eine Sensation. Auf der Flucht. Der austauschbaren Alzette. Dieser gegrillte Fluss. Im Zeitraffer. Flucht in die betroffenen Meere. Die Zeittanker auf dem Rücken schleppen. Eine schwere Last! Mit doppeltem Boden. Und schönem Namen. Erika! Meere, die gelangweilt ihre Fluten über ihre Ebben ziehen. Wie der Träumer das Federbett über seinen gierigen Schlaf. Dieser verkrampfte Zeitreisende! Aufgenommen im Klub der geizigen Gezeiten. Und das in jeder x-beliebigen Nacht. Meere, die mich in meiner Alzette in die Länge ziehen. Wie einen geschmacklosen Kaugummi. Zerbissen und ausgespuckt. Wenn es sein muss bis nach New York. Gezogen. In die Länge. Wo es den Staub der Zwillingstürme verschlingt. Es! Das Geschmacklose. Zeitlose! Das zufällige Zeitlos in einem ausgehungerten Glücksspiel. Null Chance auf Gewinn. Abzockerstunden. Lügende Sekunden. Betrügerische Lebensabschnitte. Ins Fleisch. Der Wurst. Die an mir baumelt. Zwischen der Alzette und dem Hudson River. Sie, die Knotenstöcke des Atlantiks. Der sich von den Zeittankern krumme Schwangerschaftsnarben in die Haut ritzen lässt. Als sei er der Anfang einer veräppelten Stadt in der Kurve einer scharfen Nacht. Aber nicht mit mir! Die Distanz ist zu groß. Zwischen beiden Enden. Die Wurst zu lang. Das Brät zu stinkig. Gammelzeit. Verwesungsgerüche. Die Wurst ein Flüsschen. Eine Alzette. Eine Geknotete. Gebraute. Die sich staut. Und nicht traut. Anzuschwellen traut. Überschwemmungsgefahr im tiefen Tal der Vergangenheit. Der Schwangerschaftstränen. Und die Zukunft? Eingeklemmt. Gekocht und gerührt. Bin nicht ich! Kommt nicht in Frage. Bin kein Naturdarm. Alles klar? Nur um sicher zu gehen. Wohin es führt? Ob der Knoten platzt? Ob Aus-dem-Nichts aus dem Nichts kommt? Wie die Bockwurstpaläste aus dem Alzette-Tal. Dem Tal des Fallens und Gefallens. Und dir würde es auch gefallen. Davon bin ich überzeugt. Das Leben in einer anderen Stadt. Mehr Leben. Mehr Menschen. Mehr Zeit. Mehr Gebären. Mehr Gären. Mehr Gedeihen. Nur die Temperatur muss stimmen. Und die automatische Zeit. Die einstellbare. Die atomare. Dass es nicht verbrenne! Das Eingeflößte. Träge. Vergehen. Das leblose Baumeln in den Darmhäuten. Zwischen den Kontinenten. Die Zeit im Fleischwolf. Gespannt. Die Zeitatome in der Wurst. Versteckt. Die Alzette im Schafspelz. Verkrochen. Das Jammern in meiner Stirn. Angekommen. Meine Augen wie Knoten. Doppelt gemoppelte. Zwei blonde Zöpfe im Standbild meines Spiegelbilds, das in der schwarzen Kaffeetasse schwimmt. Und zu ertrinken droht. Meine Zukunft! Im Morast des Kaffeesatzes. Ertrunken. Ein stumpfes Untergehen. Doch regungslos erschrickt der Blick. Meiner. Der gesogene. Was ist das? Wie sieht es aus? Riecht es? So geht das nicht! Mein Knoten ist doch unlösbar! In ihm gefangen. Im Kaffeeknoten. Wortwechselknoten. Stundenknoten. Die Stunden sind Nervenstränge. Gezählte. Einverleibte. Die Gedanken Verkehrsknoten. Strenge! Knock-outs! Aufleuchtende. Staulichter im Straßenplan meiner Verwirrung. Achtung! Wichtige Meldung! Wegen großem Menschenandrang erhöhte Staugefahr auf der Adolphe-Brücke. Hupende Autos verschlingen ahnungslose Heimkehrer. An Bier denkende. Abschaltende. Nervöse. Was, wenn die Kinder schreien? Oder die Frau? Oder die streikende Waschmaschine? Der Briefkasten klemmt? Die Rechnungen sich in ihm verkeilen? Der Nachbar zu Besuch ist? Oder gar die Schwiegereltern? Und ihr Hund? Oder es Winter wird? Und die Nacht ständig einbricht? In unser Leben. Eine Stunde zu früh? Eine Jahreszeit zu früh? Das verwirrt. Bringt schlechte Laune. In die Erwartungen. Welche? Na die, wenn du wartest und es kommt nicht. Das Vorgestellte. Das Bestellte. Und was, wenn es nicht so ist? Die Kinder nur spielen wollen? Die Frau nur lieben will? Die Waschmaschine nur wäscht? Es ändert nichts am täglichen Stau. In den Verkehrsknoten. Den Gedankenknoten. Auf der Adolphe-Brücke. Auf der Brooklyn-Brücke. Und an meinem Leben? Ändert sich das Fließen der Alzette, wenn die Brücke zwei Enden hat? Gestaute. Das des Hudson River? Wohl kaum! Eine Brücke ist eine Wurst. Ob hier oder da. Mit geknotetem Anfang und Ende. Und die Heimkehrer sind Fleischbrei. Überall! Verwertbare Fleischklumpen in gebündeltem Größenwahn. Kostümierte Phallusimitate. Ob in den Würsten auch Haut und Knochenreste verarbeitet werden? Wie in den Heimkehrern? Wie Hühnerfedern in der Schokolade? Wird unsere Zeit mit nutzlosem Stauen gefüttert? Mit giftigen Warteschlangen? In einer verspäteten Stadt. Zeit gleich Zwangsjacke. Im Ejakulat des Wahnsinns. In der Autoschlange. Die sich versprüht. In mir. Auch sie zu früh gekommen? Wie die eingebrochene Nacht. Die sich verirrt hat. Geschnitten hat. Und blutet. Dunkelrote Tropfen verlieren sich in bremsenden Lichtern. Brennende Lava im Untergang. Der Sonne. Errötete Starre. Wenn du ihr in die Augen siehst. Tiefseetaucherblicke. Wenn überhaupt? Du etwas siehst. Im Suff der Zeit. Der besoffenen Angst. Der schimmelnden Traurigkeit. Die sich in die Heimkehrer verkriecht. In den Staus versteckt. Im nervösen Gehupe der sich in Sicherheit wähnenden Autoheimkehrer landet. In einer Autowurstkette. Eingeklemmt. Wie in blecherner Arroganz. Die Zeit der Adolphe-Brücke! Eingesperrt. Hemmungslos von Stauberichterstattern verwaltet. 17 Uhr 15. Erhalte geheime Informationen! Von zukünftigen Heimkehrern. Stecken gebliebenen Ausläufern. Schreienden Besserwissern. Halt! Nicht da lang! Es staut! Gewaltig! Umwege benutzen! Unbedingt! Katastrophale Verkehrsbedingungen orten. Es gibt kein Vorwärts und kein Zurück. Das sollen wir glauben? Na klar! Ängstlich werden. Geheime Umleitungen kennen. Sonst bist du dran. Dann diese nehmen! Diese Schleichwege. Durch Radiowellen geschrieene Oasen der Notausgänge. Gratis erworbene Kenntnisse des Nutzlosen. Schleifen sollen wir ziehen. Schleimspuren hinterlassen. Aber das Ziel nicht erreichen. Darum darf es nicht gehen. Die Brücke sei der Weg. Hä? Wie bitte? Das Ende der Wurst sei ein zusammen geschnürtes Kondom? Hä? Dieser träge Zipfel einer tickenden Zivilisation. Im braven Uhrzeigersinn. Sie hinter uns her ziehen? Die Zeit. Des Staus. Hä? Schleifspuren hinterlassen? Unbedingt! Als Zeichen. Des Lebens. Und die Mütter werden schreien: Braver Junge! Noch so eine große Schleife, da biegt er auf die Zielgerade. Die Zuschauer können ihn schon sehen. Hoppla! Er schaut sich um, ein Heimkehrer aus Frankreich holt ihn noch ein. Auf der Zielgeraden! Doch was ist das? Die Zeit hat sich von ihm gelöst. Der Stau ihn geschluckt. Erschöpft. Unglücklich. Abgeschreckt. Gibt es noch etwas anderes? Der Stau der Lebensuhr läuft ab. Tickend! Hier ist es also, wo die Sekunden verschwinden! Und? Gefällt es dir? Du schaust gar nicht hin! Ist es dir egal, wie sie meutern? Sie sich krümmen? Unter der Last des Unsagbaren? Doch egal wie sie mir ausgehen, die Sekunden! Ich muss es tun. Es aussprechen. Es versuchen. Aber nur, um sicher zu gehen! Dass es nicht verschwindet. Dieses gestaute Zeitgefühl. Über diesem unverwechselbaren Alzette-Tal. Das eigentlich ein ganz anderes ist. Dieses lästige Staugefühl. Auf dieser schäbigen Adolphe-Brücke. Die stetig und allmählich zerbröckelt. Bebt. Unter der ständigen Last. Der Sekunden. Der Verwechslungen. Des Wartens. Des gelangweilten Träumens. Der ewigen Heimkehrer. Und ihrer schamlos getretenen Tritte. Auf die Bremsen. Die Kupplungen. Den Bürgersteig. Auf die ausgespuckten Kaugummis. Die Füße der anderen. Die Spucke der anderen. Tritte des Zorns. Tritte der Ungeduld. Tritte in die Klemme. Der Schweißfüße. Der anderen. Tritte in ihre Schritte. Muss sie zusammen drücken. Ich! Diese Schritte. Und ihre Gedanken! Dass sie nicht bersten und knallen. Wie Feuerwerkskörper oder Erbsen im Weltall ihrer Fahrzeuge und ihrer Stangenschuhe. Um die Zeit tot zu schlagen. Doch schlägt die Zeit? Zu? Zurück? Um sich? Um uns? Um mich? Es schert sie nicht. Wie üblich. Und mich? Ich schlage zurück. Klar! Warum nicht? I'll be back! Schlagworte gegen das Vergehen. Der Zeit! David gegen Goliath. Alzette gegen Hudson River. Adolphe-Brücke gegen Brooklyn Bridge. Terminator gegen Terminautor. Es läuft den Bach hinunter. Wie Worte einem Buch. Wie Gedanken den Schweißperlen. Wie Sabber den anonymen Staumeldern. Kampflos aufgeben? Auf keinen Fall! Zum Kuckuck mit ihr. Der Falle. Dem Gefallen. An der Zeit. Gefallen im Krieg. Am Krieg. Der bewusstlosen Sterne.

Dieser durchgeknallten Zeitzeugen. Dieser Kinoleinwand für Anfänger. Traumanfänger. Zeitanhalter. Zeitverstricker. Der Stricke für gehängte Uhren! Geschmolzene. Dalis Uhren! Ist das jetzt klar? Ich glaube nicht. Aber egal. Klar ist nur der letzte Termin: Jetzt und hier. Auf der Adolphe-Brücke. Im täglichen Stau. In der verstreichenden Zeit der armen Teufel. Auf dem Weg in die verdiente Ruhe. Des Abends. Es ist ein Schlachtfeld. Heimvorteil. Fürs erste. Absolut! Klar! Das Mindeste, was ich erwarte. Ein anderes Feld steht nicht zur Verfügung. Zur Zeit! Mir passt es. Ich kämpfe gerne gegen Schatten. Trick Nummer eins: Boxen! Schatten boxen nicht zurück. Sind zu feige. Und vergehende Tage werfen ihre Schatten voraus. In sinnlose Fußstapfen. Gesten von gestern. Trampeln von Herden. Massenandrang. Ich verlange Personenschutz. Schadensersatz. Spielverlängerung. Elfmeterschiessen. Will ein neues Zeitgefühl. Überhaupt irgendein Gefühl. Eine Zeitspanne. Zeitspange. Um die Zähne der Gefühle zu richten. Zu recht. Mit der ich kämpfen könnte. Trotzdem! Was, wenn es meine Kräfte übersteigt? Ich kein Terminator bin? Kein Uhren verbiegender Dali? Kein Zeitschmelzer? Nur ein unklar Denkender. Klarer Undenker. Ein Verwirrter. Ein Heimkehrer. Ein im besoffenen Stau Verlorener. Im verlorenen Ich Besoffener. In der Zeit Vergehender. Ein anstandsloser Massenmörder. Der Massenwörter. Wohlbemerkt! Einer unter vielen. Einer wie keiner. Einer mehr oder weniger. Einer ist zuviel. Einer muss raus. Einer muss dran glauben. Holt mich hier raus, ich bin ein Held! Schreie ich! Glaube ich! Glaubst du! Doch Glauben versetzt keine Brücken. Nur Berge. Und Schreie auch nicht. Und Berge fressen Zeit. Nur manchmal. Bulimie! Und Zeit wuchert. Unkontrollierbar. Vernichtend. Ausnahmslos. Und Berge flüchten sich in Täler. Schreie in Köpfe. Immer! Und Täler unter Brücken. Meistens! Ausrufe in Zeichen! Fertig ist die Wurst! Nur bleibt Adolphe eine dämliche Brücke. Über die lächerliche Alzette. Hoppla! Da stimmt was nicht. Hoppla! Die Alzette ist nicht der Hudson River. Ist die Petruss[2]. Adolphe ist nicht Brooklyn. Du nicht ich. Aber was macht das schon. In diesem Wortschwall. Diesem geschichtslosen Wirrwarr der einstürzenden Sätze. Der sich stauenden Wörter. Der gehoppelten Gedankensprünge. Springer spinnt! Aber Hoppla! Die Wahrheit kratzt niemanden. Mich am wenigsten. Alzette? Petruss? Adolphe? Brooklyn? Alles Würste mit geknoteten Enden. Kratze die schlafende Wurst nicht am falschen Ende! Und wenn du im täglichen Stau der Brooklyn-Brücke steckst und in diesem stockenden Menschenbrei um himmlischen Beistand betest und genau in diesem Zeitfenster dieser Terminator in unglaubwürdiger Bedrängnis an deine Insekten killende Windschutzscheibe klopft und flennt: "HOLT MICH HIER RAUS!", macht es da einen Unterschied, welches Wasser unter welcher Brücke fließt? Oder welcher Heimkehrer in welcher Blechzwangsjacke steckt? In welche Worte sich die Geschichte verstrickt? Im Stau bist du stets unterworfen. Einer weltweiten Sekte andächtiger Massenheimkehrer. Ein frommer Zeitzeuge der geräderten Globalisierung. Der Zeit. Na so was? Da siehst du es. Wie schnell es gehen kann. Wie schnell aus harmlosen Motherfuckern Intifadakrieger kriechen. Wie die Maden aus dem Speck. Gespinste aus dem Hirn. Und dann kriecht ein vermummter Terminator durch den einzigen Spalt im

[2]Bach, der in die Alzette mündet

Zeitfenster in dein sicheres Auto. Oder in deine unklare Geschichte. Wie eine ungeweinte Träne rückwärts durch den Tränenkanal in den Stau eines Damms. Und beginnt zu heulen wie eine verdammte Suse. Hoppla! Ist es seinen Tränen dann nicht egal, ob sie in der Alzette landen oder in der Petruss? Oder in einem Groschenroman? Natürlich nicht! Wer kennt schon die Petruss? Dieses gespuckte Rinnsal zwischen nirgendwo und überall. Diesen Groschenroman der Tränen. Die Blechlawine der Heimkehrer? Die schert sich einen Dreck um den Verlauf der Dinge. In Blech gestaute Menschen haben ihre eigenen Gesetze. Big Brother Gesetze. Gespuckte Gesetze. In gespuckten Drehbüchern gelesen. Und je größer die Masse der Zusammengepferchten, desto unwichtiger der Grund des Zusammenpferchens. Und sitzt er erst einmal auf dem Beifahrersitz, der Terminator, geht es los mit dem Labern. Was? Die Story ist abgebrochen? Scheiße, ich komme zu spät! Was soll ich jetzt machen? Scheiß Wagen! Scheiß Stau! Scheiß Geschichte! Ich hasse dieses Auto. Dieses Leben. Dieses Wort! Das kannst du nicht mit mir machen? Du bist das Letzte. Du hast das letzte Wort? Nein, der Pannendienst nützt jetzt nichts. Der Wortschatz auch nicht. Das dauert zu lange! Versuche einfach vorwärts zu kommen! Lass dir etwas einfallen! Nun mach schon! Dann ruf mir ein Taxi! Nein! Ich will es nicht wissen. Das ist mir egal. Das hat auch keinen Sinn! Weißt du, wie spät es ist? Genau! Und im Radio haben sie diesen riesigen Stau gemeldet. Auf der Adolphe-Brücke? Natürlich! Wo denn sonst? Aber du weißt doch ganz genau, dass es um diese Zeit immer auf dieser dämlichen Brücke staut! Natürlich weiß ich, dass es auf der Brooklyn-Brücke auch solche

Staus gibt. Was hat das denn damit zu tun? Willst du mich verarschen? Ja, ich bin gereizt! Ja, genau. Er steckt. Ich sage, der Schlüssel steckt. In der Geschichte. Natürlich kannst du ihn nicht sehen. Er ist abgebrochen! Der andere Teil? Was willst du mit dem anderen Teil? Das geht nicht. Weil es nicht gehen kann. Nein, kann es nicht. Ist das mein Problem? Nur so. Du bist wer? Terminator? Ich verstehe nicht! Erklär's mir später. Ich muss weiter. Später? Es gibt kein Später!

Zu viele Unklarheiten auf einmal machen keinen Sinn.

Hurra! Gebrochene Sekunden.

Hurra! Gebrochene Nächte.

Gebrochene Brückenpfeiler.

Gebrochene Würste.

Gebrochene Menschen.

Auf dem Heimweg.

Gebrochene Schicksale. Heimspiele.

Gebrochene Staus.

Staubrecher. Stauverbrecher. Stauversprecher.

Da staunst du! Versprochene Zeitaufschübe. Versprochene Umleitungen. Auswege. Kein Zuckerschlecken dieser Tage. Dicke Zeitschollen schwimmen in der Alzette. Aber Scholle ist nicht gleich Scholle. Zeit nicht gleich Zeit. Ist sie milchig, war die Zeit nicht schnell genug. Sie hat sich nicht im Griff. Sich nicht. Mich nicht. Dich etwa? Immer zu langsam! Oder zu schnell! Nie zur Zeit. Nie am Ort des Geschehens. Nie pünktlich. Ist zu vergesslich. Wirft ihre Sekunden weg. Wie eine kompromittierende Tatwaffe. Wie schlechte Gedanken. Überflüssige. Durcheinander gedachte. Sie ist eine Rabenzeit. Eine Falschmeldung. Eine eitle Pannenmeldung im Zeitstau. Eine chaotische

Sekunde im Stress des Berufsverkehrs. Die Zeit der Welt auf die Adolphe-Brücke geworfen. Der Zeitraffer im Anmarsch. Der Zeitgaffer in der Warteschleife. Die Zeitlupe im Looping. Die Zeit im Arsch. Ich blicke durch das Zeitfenster und siehe da, es winkt erneut mit einem Zeitlos. Gewinne eine Reise durch das Leben der Störenfriede, die mich am Scheitern hindern. In ihrem täglichen Stau steckend belästigen sie mich. Mit ihren mitleidigen Blicken. Ihrem arroganten Naserümpfen. Den Fuß auf die zittrige Bremse gepresst. Die Finger um das starre Lenkrad gewickelt. Die Mäuler fluchen. Die Zähne stinken. Die Säcke kratzen. Die Ärsche schwitzen. Der Stau beginnt zu kochen. Die Wurst ist am Bersten. Die Nerven liegen blank. Die Zeit verstreicht. Wie magere Überholstreifen. Links Leute. Rechts Leute. Die Ampeln tanzen Regentänze. Auch das noch! Es regnet schwarze Zeitfäden. Die Alzette schwillt. Die Zeitschollen schmelzen blasiert vor sich hin. In totaler Verschollenheit. Vertrieben vertreibe ich mir die Zeit in einer dieser Scheißkarren, die uns noch ins Irrenhaus bringen werden. Gebrochene Fingernägel klemmen in zusammen gebissenen Zähnen. Der Tag der Abrechnung naht. Was habe ich nur getan? Ich blute mir die Seele aus dem Leib. Alles hat einen Grund! Irren ist menschlich. Weiblich? Kapriziös? Sie mag es nicht, wenn ich sie übersehe. Nicht betrachte. Nicht nehme. Aber sie ist eine Diva, die Zeit. Das ist kein gutes Zeichen. Was soll es bedeuten? Dass wir nicht nach New York fließen? Die Alzette und ich? Alles läuft den Bach runter? Alles geht in letzter Zeit schief. Was ist bloß los mit Omen? Noch nie hatte ich ein so starkes Gespür für Zeit, eine so große Willenskraft. Ich bin absolut überzeugt von meinen

Plänen. Meiner Geschichte. Werde das ausgeloste Ziel erreichen. Doch alles wendet sich gegen mich. Du auch! Tu nicht so scheinheilig! Du willst nicht wirklich hier raus. Aus dieser Geschichte. Mir helfen! Du tust mir weh! Aua! Der Sinn fällt bestimmt noch auf. Er wird sich ergeben. Warte! Eine Sekunde. Irgend jemand wird es verstehen. Wie hässlich sie auch sei. Ich sehe den Fluss. Der Zeit. Vor mir. Die Geschichte kommt in Schwung. Die Alzette drückt sich durch meinen Tränenkanal. Und stinkt wie das heulende Elend, das sich durch die Därme der Berufsverkehrten schleicht. Die Zeit hinterlässt zuweilen Spuren der Verwesung. In mir. Ich muss mich hinlegen. Ich will nichts mehr hören, nichts mehr sehen. Nein, lass mich jetzt. Bitte! Fünf Minuten. Fünf Sekunden. Nein, ich weine nicht. Das verstehst du nicht. Ich wünschte mir, du würdest mir vertrauen! Hinter mir stehen. Haben wir nicht einmal die selben Träume gehabt? Nein, ich kann es mir auch nicht vorstellen. Aber ich kann es kaum erwarten. Bin grundlos bedrängt. Die Flucht aus dem Alzette-Tal steht bevor. So geht das jetzt schon seit Ewigkeiten. Voller Einsatz im Dienst der Willenskraft. Der Poesie. Der Veränderung. Der Illusion. Die Strategie ist klar. Raus aus dem Schlamassel. Raus aus dem Adolphe der Brücke. Raus aus dem Stau. Raus aus der Geschichte. Schluss mit Terminator. Schluss mit Sinn! Die Geschichte ohne Anfang und Ende. Die Wurst der Würste. Ohne Mitte. Ohne Brät. Endlose Sinnlosigkeit. Ein Eiertanz der Gefühle. Ein erfrischendes Chaos in der Langeweile der erbärmlichen Ordnung. Der Heimkehrer. Ein Versuch! Kaum der Rede wert. Keiner will seine Angst vor Sinnlosigkeit zugeben. Die Weltmeisterschaft der geknoteten Wörter steht bevor. Ich trainiere hart. Ich bin der zukünftige Weltmeister aller Klassen. Ein Hoffnungsschimmer in der trostlosen Wüste des Alphabets. Der Springer gibt nicht auf. Das war klar. Musste so kommen. Es macht keinen Sinn, Sinn zu machen. Sei mal ehrlich! Dem sollte man die Fingernägel einzeln ausreißen! Das wäre die Lösung der Probleme. Die keiner stellt. Keine Beschäftigungstherapien mehr! Wie sähe die Welt ohne Geschichte aus? Ohne Gestern? Ohne Morgen? Ohne Evolution? Ohne Ziel? Seit Jahren ein fingerloses Kämpfen. Ohne Waffen. Ohne Kampf? Gegen ein Stauen im Vorwärtskommen. Im Rückwärtsgang! Drei Sprünge nach vorn, zwei nach hinten. Echte Aggression im fortschreitenden Weltkulturerbe. Die Geschichte im Streik. In aufrührender Panik. Der Sinn im Hunger nach ihm versteckt. Im ständigen Rückwärtsgang eingeklemmt. Im nagelneuen Heimkehrerauto. Im blitzblanken Tagesstau. Auf normalem Wege nicht zu erzählen. Aber es wird klappen! Muss klappen! Klappern. Flattern. Seit einer Stunde hapert es so. Die Worte stehen Amok. Die Wörter stanzen sich in die falsche Richtung. Entgegengesetzt. Durcheinander geworfen. Die Knoten nehmen Form an. Verknoten sich doppelt und dreifach. Nabelschnurknoten! Daseinsknoten! Hungerknoten! Hunger nach Freiheit. Im wahrsten Sinn der Worte. Der Kragen des Lebens platzt. Aus der Mode gekommene Denkgrundlagen verheddern sich. Bedeutungserklärungen erübrigen sich. Doch der Reihe nach! Eins nach dem anderen. Die Daten werden gesammelt. Auf digitalen Müllhalden. Der Globus ist ein Stau. Eine Scheibe. Eine dünne! Eine digitale! Eine gedrängte! Das Wissen, alles staut sich. In einer Null. In einer Eins. Wir bekommen täglich zigtausend neue Eintragungen. Aus dem Stau der Adolphe-Brücke dringen erste Hilferufe. Zwillingstürme der Schreie brechen zusammen. Sie fummeln in gehörlosen Stichwortschwärmen. Ganze Sätze schwimmen Amok. Wie Leichen in der Alzette. Sie springen in sinnlose Horrorgeschichten. Biografien. Erzählungen. Mein Leben! Meine Familie! Mein Gott! Die Alzette-Trilogie nimmt ihren Lauf. Stadt aus Hass! Die Schatten schlagen zurück! Und Terminator klemmt sich ein. Im Fensterspalt! Die Alzette im Erklärungsschwarm. Der Stau in Erklärungsnot. Im Rückgang. Der Geschichte. Die sich auflöst. Und verliert. Wie der schmelzende Würfel. Im gepressten Zucker. Des süßen Untergangs. Des erschöpften Feierabends. Der gestochenen Wörter. Nimm lieber deinen Zeigefinger da weg! Von diesem Wort. Dieser Zeile. Hallo! Hörst du mich? Was hast du vor? Du glaubst doch nicht, mir wäre danach. Dir zu schmeicheln? Ich habe keine Lust dazu. Keine Zeit mehr! Denn sie macht, was sie will. Die Zeit! Ist gekommen. Gestolpert! Über sich stapelnde Wortfälle. Ungespanntes Erregen. Macht sich breit. Wie ein vollgefressener Motherfucker. So nicht! So geht das nicht. Halt dich an die Regeln, Mann! Versuch hier nicht, den Spanner zu spielen. Den Überspringer. Es gibt Regeln! Diese Regeln sind unverwüstlich. Zeitlos! Der Tag wimmelt nur so von unregelmäßigen Sekunden. Die nichts in ihm zu suchen haben. Nicht an diesem Tag! Vielleicht an einem anderen. Wer kann das schon beurteilen. Jeder Tag ist eine Wurst mit zwei Enden. Ein Sekundenstau. Sekundenklau! Das Leben eine Feldmetzgerei. Auf Hochtouren! Gott ein Kopfschlächter. In weißem Arbeitskittel. Die Schlachtmesser sind gewetzte Parolen. Sekundenbruchteile! Einer

Schweinerei. Man nehme ein paar von ihnen und verpflanze sie in den nächsten Tag. Ändert es die Geschichte? Wohl kaum. Spaltet es sie? Ich mache den Arm lang und schicke sie jenseits des gewellten Jenseits. Der geschliffenen Sekunden. Die im Sturm meines Kopfes wüten. Wie die Schlachtmesser eines wütenden Kopfschlächters. Oder noch schlimmer? Schlachtrufe im Stau! Was ist da los? Wieso geht es nicht vorwärts? Ich sitze auf zweihundert gespannten Pferden und komme kein Stück vorwärts! Die Pferde schnauben und furzen. Ihr Schaum des Zorns spuckt in den feigen Sonnenuntergang. Schrilles Sekundenwirrwarr an einem dieser gewöhnlichen Gammeltage. Die sich auf der Adolphe-Brücke verbringen lassen wie lästige Feierabende. Verbrachte Tage des Stockens. Falsche Trennungen der Sekunden. Überschätzungen der Zeit. Zungenschläge der ohnmächtigen Wut. Schläge ins Gesicht. Ins Gesicht der Geschichte. In die Geschichte der Heimkehrer. Die Heimkehrer der Ewigkeiten. Die Ewigkeiten der Zeitspannen. Und das alles auf einer einzigen maroden Steinbrücke. Stein! Zeit! Brücke! Alles passt. In mein Wortgefecht. Gespickt mit freundlichem Feuer. Die Sekunden schwören Rache. Terminator quetscht sich aus dem Fensterspalt. Verliert die Beherrschung. Die Ruhe! Alles, was ihn ausmacht. Und die Alzette springt aus dem Bett ins Eingemachte. Überschwemmung im Unterleib. Tsunamigefühle in der Gebärmutter. Die Staudämme sind dem Bersten zu nahe, als dass sie Zeit zum Überlegen hätten. Überlegen trete ich an das Ufer des Wahnsinns und tauche meine gierige Hand in ihr Verlangen. Ich bin ein schreibendes Debakel. Mit gewaschenen Händen. Im Blut der massakrierten Worte. Die anschwellen. Im Stau meiner Geschichte. Die allmählich dicker wird. Sag, ist sie dicker geworden? Am Anfang hatte sie einen schönen Bauch. Sie war so schlank. Eine Gazelle. Hast du dir das ausgedacht? Ist das deine Story? Na also! Verschiedenes war nicht gut. Wirklich nicht. Findest du nicht auch? Aber ich muss mich frei fühlen, sonst komme ich nicht an mir vorbei. Und die Sekunden auch nicht. Also! Trau dich nur! Sieh sie an! Du Augenzeuge. Du Fingerzeiger. Sieh in meine Wörter. Sieh ins Schwarze. Der Zeit. Der damaligen. Gewesenen. Du Frühbucher! Der Reise. In den Stau. Der Erinnerungen. Der gedrungenen. Der steinigen Brücke. Über das Tal. Des bestialischen Vergehens. Der Zeit. Schau mir in die Augen, Kleines! Wenn du lachst. Mit zwei blauäugigen Knoten im Gesicht. Der alternden Wellen. Im Geschwindigkeitswahn. Im Meer der Grübchen. Gefangen zwischen zwei Wellen. Dein Lächeln ist nur ein Würstchen. Im Fleischwolf des schäbigen Ausdrucks. Der Gefühle. Die sich wringen. Im Stau der Flut. Des Lachens. Gischt, die du schlägst, wenn du siehst, wie ich mich abrackere. Beim Versuch zu strahlen. In der Kollision der atomaren Sekundentakte. Die sich auf mich stürzen. Gebündelt! Wie auf einen Zeitschinder. Einen grenzenlosen. Geschmacklosen. Dem die Gesetze des Vergehens die Luft abschneiden. Der ihre Grenzen verschiebt! Der die Angst überwindet! Der leicht denkt! Zu leicht. Vielleicht! Doch denken allein genügt nicht! Zumal nicht unklar denken! Regel Nummer 6: Gnadenlos vorwärts treiben! Hoppla! Ich komme auf den Punkt. Genau! Wenn ich nur will, dann bin ich der Beste. Wenn es nur immer so wäre! Aber nein! Meine Launen sind anstrengend. Ich glaube, die Geschichte fällt allmählich. Geht unter. Die Haut! Des Erträglichen. Egal! So komme ich nicht nach New York! Meine Träume haben es schwer! Heute? Nein, immer! Ich habe noch so viel vor. Lass mich! Ich möchte weinen! Nein, allein! Die Geschichte ist aus! Als wolle sie aus dem Stau brechen, steigt die Alzette meiner gespuckten Geschichte aus meinen uferlosen Augen und strömt in Panik in das Grauen des Morgens, das sich anbahnt. Die Panaromakurve des Tals biegt mutig meinen Blick. Es dämmert. Mir! Es gibt keinen guten Grund für die Überschwemmung. Mit Einzelheiten. Manche Leute wollen einfach nur belogen werden. Mit wahren Lügen. Wahren Geschichten. Zum Beispiel: Die Wurst, die ich meine, ist das Ende der Welt. Keine Panik, sage ich! Das wird schon wieder. Aber es haut nicht hin. Das stapelt sich. Es grenzt an Folter. Das kann so nicht weiter gehen. Es schreit zum Himmel. Da wird dir mulmig. Da vergeht dir das Lachen. Da hast du es! Nicht einmal mehr weinen kann ich wie früher. Geschweige denn schreien. Schreiben! Das geht zu weit. Ich muss loslassen. Wenn ich fliegen will, muss ich loslassen. Sonst geht es nicht. Du kannst nicht immer an allem festhalten. Du wirst ja verrückt! Wie willst du das Ganze unter Kontrolle bringen. Du lässt ja nie etwas raus! Wenn du wenigstens weinen würdest. Natürlich einfach so! Wieso denn nicht? Das tut nicht weh. Das glaubst du doch selbst nicht. Spinnen weinen nicht? Welche Spinnen? Ich spinne? Na hör mal! Wie redest du mit mir! Ich fliege auch alleine weiter. Die Wörter? Wessen Wörter? Meine? Was soll mit den Wörtern sein? Die fliegen natürlich mit. Wohin? Irgendwohin. Nach New York, zum Beispiel. Klar doch, dass das gut ist. Weiß ich selbst. Nein, ich habe es noch nicht probiert. Aber jeder kann doch in die Geschichte eintauchen. Und einen Sinn hat sie auch. Das müsstest du doch am besten wissen. Du hast sie doch erlebt! Ja, geh nur! Ich habe noch zu tun. Regel Nummer 1: Loslassen! Immer wieder loslassen. Willst du loslassen, musst du fliegen! Aber lieber auf dem Rücken! Zum Stau. Zu den Störenfrieden. Und schau nicht nach oben! In den Himmel! Den Schwebenden. Den Schwitzenden. Flieg über den Adolphe! Über die Wolken! Über den Stau! Sonst wird dir schlecht. Himmelkrankheit! Schwer zu heilen. Im Fliegen. Äußerst gefährlich! Wenn du einmal drin steckst, fault dir die Zeit die Zähne weg. Die Tage und Sekunden. Die Restlichen. Die Letzten. Dann bist du dran. Endlich! Lass los! Du musst loslassen! Auch du! Die Adolphe-Brücke biegt sich schon. Unter dem Druck. Der Last. Deiner Vergangenheit. Die du hinterlässt. Wegwirfst. Einfach so. Nebenbei! Im Vorbeiflug. Verlassen. Weggeworfen. Ohne sie verarbeitet zu haben. Ohne mit ihr fertig geworden zu sein. Ohne an sie gedacht zu haben. Einmal himmelkrank! Immer himmelkrank! Eine Plage. Es frisst sich in dein Blut und hinterlässt Spuren in den Genen. Überholspuren. Der Luftlöcher. Der Einsamkeit. Die sich genieren. Die Folgen der Himmelkrankheit. Sind seltsame Einsamkeiten. Geniale! Du wirst es noch früh genug erleben, was du an mir gehabt haben könntest. Wenn du mich nicht so ernst genommen hättest. Mich nicht immer unterbrechen würdest! Damals! Von Anfang an! Alles zuviel? Dein Pech! So einen wie mich wirst du nicht mehr finden. Darauf kannst du Gift nehmen. Ich? Dein Gift? Ich bin verdammt kratzig, aber giftig? Gut! Voller Kratzer! Aber ganz! Bei der Sache. Und Einsamkeit ohne Kratzer ist eine Adolphe-Brücke ohne Stau. Ein Samen ohne Erguss. Ein Schlaf ohne Traum. Eine Leere ohne Zweck. Ein Zusammenbruch. Der Nerven. Ohne Kühlung. Sie überhitzen! Wie aufgemotzte Motoren. Auf Hochtouren. Im Stillstand. Ach sei doch still! Was redest du? Was verstehst du schon davon. Ich bin es, der es im Gefühl hat. Die Zeit vergeht und nichts geschieht. Ich muss etwas erleben. Verdammt! Die Kopfschlächter der heiligen Alzette fuchteln schon an mir rum! Doch ich bin zu jung. Zum Verwesen. Will die Welt erleben und erlebt werden. Von den staunenden Störenfrieden, die im Stau stecken und sich über jede Abwechslung freuen. Na also! Wieso nicht kratzen? An der Scheibe. Des Fensters. Am Gemüt. An deinem. An der Fassade. Der Einsamkeit. Durch die du fliegst. Wie ein Loslasser. Ein Loser. Ein gequetschter Terminator. Wie die bröckelnden Brückensteine. Die Himmelkranken der Heimkehrträume. Aber lass mich nur machen! Diese Geschichte hält mindestens bis morgen. Und mach bitte das Radio an. Ich will hören, was in der Welt passiert. Ob der Stau sich aufgelöst hat. Du weißt doch, dass die Geschichte heute Abend zum Essen fertig sein muss! Nein, nicht druckreif. Du musst sie nur vorlesen. In deiner Luxuswohnung. Oder war es im Reisebüro? Oder war es die Reiseroute, die du prüfen wolltest? Hinter der Brücke. Im Büro. Richtung New York? Ja genau, da wo du hin fahren willst. Nach Hause? Nenn es wie du willst! Momentan bist du im Knoten des Staus eingeklemmt wie dein Sackhaar im Reißverschluss deines Beifahrers. Genau! Und Terminator versperrt den Fensterspalt. Den Notausgang. Den Fluchtweg. Verstehe! Hoppla! Schleimer! Es gibt keinen Fluchtweg. Hör dem TERMINAUTOR zu! Dem Autor der fechtenden Worte. Oder lieber dem der kriechenden? Der schleimigen Schneckenworte? Dann lies im Schneckentempo! Schneckengeschichten! Die sich in ihr Haus verkriechen. Beim ersten Wort genommen werden. Beim leisesten Verdacht auf Sinn weiter gelesen werden. Und sich krümmen. Vor Lachen. Verkrochenes Lachen. Im geheimen Winkel des Schleims. Über die Fälschung der Welt und andere Erzählungen. Denn etwas fehlt immer! Ausgeträumt! In dieser Nacht des Orakels! Hinter verschlossenen Türen! Still gestanden! Die Himmelkranken stauen sich. Die Brücke fliegt über die blanken Rücken der Heimkehrer. Die Geschichte ist aus. Aus Mitleid! Aus mit der Zeit, die verfliegt. Mit dir! Ich habe dich gewarnt! Ich habe sie gesehen! Wollte sie retten. Ich habe mit ihr gesprochen. Was sagst du? Du kommst nicht mit? Wieso nicht? Du hast Angst? Hör mir zu! Wenn du nicht mit kommst, stürzt die Brücke ein. Sicher! Ganz genau! Wenn du sie betrittst, fängst sie zu bröckeln an, aber klar doch. Du solltest dich hören! Na dann flieg doch einfach über sie! Du sagst doch immer, du könntest alles tun, wenn du nur wolltest. Also bitte! Will! Als ob es so einfach wäre, zu wollen. Mit der Zeit zu sprechen. Ihrer Fälschung. Den Himmelkranken. Den Störenfrieden. Den Schnecken. Den Kratzern. Den Gogos. Den Loslassern. Den Heimkehrern. Den Sackhaaren. Den Terminatoren. Den Schleimern. Den Einsamkeiten. Den Adolphe-Brücken. Den Schwebenden. Den Vorbeifliegenden. Den Rückenden. Den Spurlosen. Den Augenzeugen. Den Wortgefechten. Den zersäbelten. Den Zeitschindern. Den Wahnsinnigen. Nenn es wie du willst! Einfach ist es nicht. Nenn es eine Geschichte. Eine Weile. Eine zu dünne! Es ist zu langweilig, nur das Schwarze zu lesen. Treffer! Ich verstehe etwas! Auch das Mickrige zwischen den Zeilen. Hurra! Noch mal getroffen! Ich bin ein Held. Holt mich hier raus! Ich verstehe noch etwas! Verstehe das Gedruckte. Drücke den Verstand. Ich werde dem Gedruckten das Fürchten lehren. Es in die armen Finger nehmen und ausdrücken. Es zerquetschen. Es von der Buchkante stupsen. Es aus der Geschichte ekeln. Vertreiben. In den Zeilenstau. Den Zellenstau. Den Zeilen den Garaus machen! Sie knoten. Wursten! Zersausen! Hurra! Endgültig! Endlich! Der Geschichte ein Ende anbieten. Das Ende einer Wurst! Eines Würstchens. Dem Erzählten einen Brei schreiben. Einen Brät. Den Worten Zauberknoten. Zauderzöpfe. Schamhaarlocken. Es wäre ein Zusammenschnüren der gestauten Gedanken. Ohnegleichen! Eine Brücke über die Zeit. Im Jammertal der Alzette. Dieser Vene der Trostlosigkeit. Im Stau des Kopfes. Der Geschichte. Ein grenzenloser Wunsch. Ein täglicher Kampf. In der allmächtigen Einsamkeit! In der sich Wörter ausbreiten könnten. Wie ein Lachen. Im Gesicht. Der Freiheit. Frei von Geschichte und Sinn. Von geklauten Worten und Sätzen. Nachgedachten Gedanken und vorgedachten Peinlichkeiten. Ohne Geschichte bist du ohne Gesicht. Ein ganz anderer Mensch! Du redest, lachst, du amüsierst dich. Wenn sie da ist, in deinen Augen, ist es so, als gäbe es dich nicht. Als seiest du nur ein Untergrund. Dein Gesicht nur das Blatt, auf dem sie niedergeschrieben wurde. Deine Lachfalten die Narben der Haut, in die sie geritzt wurde. Langweilt dich das nicht allmählich? Irgendwie? Ich meine, ich verstehe dich nicht! Mal so, mal so. Wer bist du schlussendlich? Ist mir auch egal. Ich habe dir nichts zu sagen. Und habe mich an dich gewöhnt. Es ist alles OK! Du bist es! Ich bin es! Langweilig? Ich weiß! Ja, das stört mich nicht. Wie bitte? Verlassen in der Alzette? Sie ist nur ein armseliges Flüsschen. Eine peinliche Verwechslung! Ein nasser Furz im Tal der überfüllten Adolphe-Brücke. Der vollgefressenen. Der Heimkehrer verschlingenden. Das muss du wissen. Solltest du! Sie ist nur ein Teil des Netzes. Des Strumpfes. Ein Äderchen. Im Blutgerinnsel des geilen Wartens in einer stupiden Autoschlange. Des Wahnsinns. Meine Lieber! Der Globus ist eine Scheibe. Und ein Stau. Eine Stauscheibe. Welchen Unterschied macht da schon ein einzelner Tag? Schreit das Autoradio! Auf der Adolphe-Brücke. In Terminators heimlichem Versteck. Und prompt fängt der wieder zu flennen an! Immer zu Späßen aufgelegt. Der schräge Vogel. Diese Null! Diese Eins! Liebt es, zu übertreiben. „Mir doch egal", schreit er. „Holt mich hier raus!", winselt er. Mir aber nicht. Mich aber nicht. Lasst mich drin! Ich bin nur der geborene Zuschauer. Ich stecke nicht im Stau der Dinge. Der Brücke! Des Lebens! Noch nicht! Ich stecke noch voller Übermut. Tollkühnheit. Lebenslust. Fragwürdigkeit. Stecke in einer Geschichte, die keine zu werden scheint. Keine, die als solche zu lesen ist. Und mir steckt dein Stau zum Halse raus. Das Jammern. Das ewige. Und noch viel mehr das nicht Gejammerte. Das Hingenommene. Das Erduldete. Der Terminator im Spalt. Der gläsernen Zeit. Die beim leisesten Druck in tausend Splitter zerspringt. Die brüllenden Pferde bäumen sich auf. Der schmelzende Asphalt vertieft sich in gnädige Gedanken. Die bröckelnde Brücke sucht nach Schadensersatz. Der hingenommene Brückenname bemitleidet sich. Der hingenommene Bachname erübrigt sich. Der hingenommene Vordermann übergibt sich. Dem Feind. Dem Rotlicht. Der hingenommenen Heimkehrerschar. Den Massen der Abwartenden. Diesen teilnahmslosen Dauerparkern. Diesen zeitlosen Zeitplanern. Diesen durchdachten Zukünften. Die, die dachten, es gäbe was zu denken. Im Voraus! Etwas, was auch sie verstünden. Etwas allgemein Verständliches. Massenverträgliches. Allgemein Gewusstes. À gogo. Und schon sind sie wieder da! Die Störenfriede. Die Streikbrecher. Die Zeitverbrecher. Schreibversprecher. Immer kommen sie im strategisch richtigen Augenblick. Aus ihrer Sicht! Wenn es ihnen passt. Ihnen, nicht mir! Nicht meinem dämlichen Versuch, keine Fortsetzung zu schreiben. Keine für sie. Keine nützliche. Keine sinnvolle. Keine ergebene. Keine notwendige. Nicht einmal mögliche. Keine absurde. Mir nicht egal! Ich ertränke diese Vorstellungen. Basta! Im Jammern der Alzette. Dem Plagiat der Petruss! In mir. In aller Eile. Denn wenn nicht jetzt, wann dann? Wenn sich der Stau aufgelöst hat? Und wie soll das gehen? Bitte schön? Einmal ist keinmal! Löst er sich jetzt auch auf, ist er morgen wieder da. Regel Nummer 14: Ein Stau kommt selten allein! Hat Verbündete. Heimliche Liebhaber. Sammler. Beobachter. Stauerotiker. Staufanatiker. Die ohne täglichen Stau auf der Adolphe-Brücke ausflippen würden. Oder auf der Brooklyn-Brücke. Mir egal! Stell sie dir vor, die Staus, voller ausgeflippter Fanatiker, die vergeblich auf ihre tägliche Dosis warten! Taxifahrer mit Entzugserscheinungen. Missionslose Terminatoren. Auf der Suche nach einem Auftrag. Stressfreie Heimkehrer. Pfeifende. Singende. Dichte Gedichte schreibende. Im Einklang mit der Zeit. Zur Zeit zu Hause! Die künstliche Staus provozieren. Um es in die Länge zu ziehen. Es, das gewohnte Warten. Das geliebte! Das nötige. Ohne Warten kein Leben. Ohne Stoßverkehr keine Lust auf Sex. Kein Adrenalin. Keinen Druck. Kein Sperma. Keine Aufregung. Keinen Spaß. Kein Ziel vor Augen. Die Adolphe-Brücke wie tot. Ausgestorben! Das Alzette-Tal vertrocknet. Die Heimkehrer nur noch Schatten ihrer selbst. Schattenrisse einer Erinnerung an bessere Zeiten. Zeiten des Wohlstands. Zeiten der unverhofften Begegnungen. Und? Auch eingeklemmt, Motherfucker? Im Panzerstau? Bombenstau? Religionsstau? Im Abwasserstau der mittelalterlichen Weltvorstellungen? Staufreundschaften sind welche, die nicht so schnell brechen. Im täglichen Stau denselben Stammplatz erwischen! Stauplätze reservieren! Staustammplatzkämpfe gewinnen! Staureden halten! Staustammeln! Staustottern! Stauschweigen! Ein Leben ohne Stau ist ein Leben ohne Sinn. Stausinn! Stauabstinenz! So, dass unser eingebildeter Terminator in das Satellitennavigationssystem eindringt und der durchweichten Frauenstimme des Systems eine runterknallt. Eine ordentliche! Eine Liebeserklärung! Eine Vorhersage! Die sich hören lässt. Bis in die Spitze des Staus. Wo er ihr das hilfreiche Maul stopft. „An der nächsten Kreuzung rechts abbiegen!" Mit Zungenschlägen! Die nicht aufhören wollen, den Stau aufzulösen. „In hundert Metern rechts abbiegen!" Als gäbe es diese Lösung! Als zerginge der Stau im Speichel einer charmanten Frauenstimme. „In fünfzig Metern rechts abbiegen!" Als genügte eine Radiowelle, um den Knoten der Adolphe-Brücke zu lösen. Zu erlösen. Zu sprengen. Mit kurzwelligen Küssen. Überschwemmt blubbert das System sinnlose Auswege in die gespreizten Ohren der gierigen Heimkehrer.

Verführt und benebelt hören sie der geschlagenen Stimme zu. Geschlagene Sekunden lang. „In zwanzig Metern rechts abbiegen! Biegen Sie jetzt rechts ab! Springen Sie!" Sie weiß nicht mehr, was sie sagt. Sie verliert die Kontrolle. Sie halluziniert! Doch Terminator beißt ihr pflichtbewusst in die Spitze der digitalen Zunge. Und in zwanzig Metern Tiefe fließt die zerbissene Spitze der trägen Alzette vor sich hin, als sei alles normal. Alles im Griff! Alles paletti! Als habe sie alle Zeit der Welt. In ihrem klebrigen Bett gefangen. In ihrem Dreck die Sekunden aufgesaugt. Doch die Stimme spricht weiter. Trotz wütendem Terminator zwischen den Zähnen. Jagt sie die Heimkehrer zielstrebig in den Abgrund. Gnadenlos! Und die gehorchen. Blind! Kein Wunder! Navigationssysteme fressen Helden auf! Am liebsten auf Heimwegen. In Staus. An Kreuzungen. An der nächsten verstummt sie. Verdauungszeit! Lange Sekunden. Erschöpfte Vorhersagen. Die nichts mehr bringen. Die binäre Scheibe glüht. Das System schmilzt. Terminator hat sie fertig gemacht. Die Frauenstimme! Sie wälzt sich herum. Kreischt. Hüpft. Plättet die Informationen. Stolpert! Von einer Vorhersage zur nächsten. Die Auswege verheddern sich. Die Zukunft ist eine Scheibe. Einer Salami. Eine sprunghafte. In die Alzette springende Umleitung. Abweichung! Die Scheibe einer Wurst. Einer aufgeschnittenen. Und die Zeit wühlt sich durch diesen Aufschnitt. Schießt aus dem Schlitz des Systems. Das sie nicht erkennt. Nicht mehr zu lesen vermag. Weil die verwirrte Stimme und der erschöpfte Terminator Mist gebaut haben. Die Auswege durcheinander geworfen haben. Die Umwege verwechselt haben. Alles den Bach hinunter geworfen haben. Alles! Die Alzette. Den Hudson

River. Den Schlitz der Adolphe-Brücke. Die Scheibe der Macht. Des Systems. Sie fliegt durch die restlichen Autos und jagt dem Heimkehrer eine höllische Angst ein. Nicht dem Springer. Dem in der Alzette gelandeten. Nur dem, der nicht gesprungen ist. Dem Nicht-Springer. Dem feigen! Dem Stausüchtigen. Dem Verführten. Dem Sehnsüchtigen. Dem Adolphesüchtigen. Der auf der Brücke auf das Ende der Welt wartet. Der eine Scheibe anbetet. Nur um auf andere Gedanken zu kommen. Um auf überhaupt welche zu kommen. Gedanken gehören nicht auf diese Scheibe der Zeit. Nicht auf diese Seite der Geschichte. Denn sie hört nicht auf, uns in die Irre zu leiten. In Umwege, die wir nicht nehmen wollen. Um keinen Preis. Unser Stau ist uns heilig. Unser Stocken ist gewollt. Wir sind die feigen Söldner des Wartens. Wir opfern uns. Wir sind bereit, zu sterben. Für weniger als nichts. Für den Stau im Stauparadies. Den der Adolphe-Brücke. Stellvertreter aller Staus. Aller Zeiten! Aller Heimkehrer! Bereit, als feige Helden aufgenommen zu werden. Im Himmelreich der Stauhelden. Der himmelkranken Scheibenfresser. Es lebe der Stau auf der Himmelbrücke! Endloses Leben! Und weiter geht's! Mit der endlosen Zeit. Der feigen, nicht in den Abgrund springenden Sekundensammlerin. Mit dem Zeitscheibenschießen. 17 Uhr 16! Die Zeit geht ihren Weg. Regel Nummer 2: Frage nie, wie spät es ist! Dazu ist es zu spät! Das hättest du früher fragen sollen. Vor dem Stau! Vor dem Eintritt in die Geschichte. Der Brücken. Über die Alzetten. Und wenn der Stau auch Jahre dauert, welchen Unterschied macht es? Ob du verzweifelst? Verrückt wirst? Oder cool bleibst. Und aus Spaß die Heimkehrerin im Hinterauto anmachst, die sich gerade die Lippen nachzieht und sie schwängerst, nur weil sie dabei mit den Augen zwinkert, und sie verlässt, nur weil es dich anschließend am Sack juckt und du dich dann in sie verliebst, nur weil es die einzige Frau in diesem gottverdammten Stau ist, die auf dein Fensterklopfen reagiert hat, nur weil sie dich glatt mit dem Terminator verwechselt hat, es ihr aber im Nachhinein egal ist, wer du bist, nur weil sie sich schon immer Kinder gewünscht hat, aber von Liebe war nicht die Rede, das war es nicht wert, das war nicht der Deal, das hättest du dir früher überlegen sollen, jetzt ist es zu spät, frage nie, wie spät es ist, diese Zeiten sind vorbei, der Zug ist abgefahren und steckt in einem anderen Stau, der auch Jahre dauern kann, also was soll der Handyterror, den du anstellst, um wenigstens mit ihr zu reden, über was, ich bitte dich, in einem Stau ist der Gesprächsstoff schnell am Ende, der Wurst, du siehst sie doch im Rückspiegel, wie sie beide rumficken wie die Staukarnickel, nicht die Knoten der Wurst, in der du steckst wie gemahlener Liebeskummer, nein, ich rede von deiner geschwängerten Zufallsliebe, abgefüllt mit deinem grotesken Stausperma und dem Sperma triefenden Terminator, der sich in jeden Spalt quetscht, der sich ihm eröffnet, dem es mittlerweile egal ist, welche Mission er zu erfüllen hat, Hauptsache er wird sein überflüssiges Terminator-Ding los, er, der im Stau der Adolphe-Brücke zum Sperminator promoviert, auch wenn er anschließend in deinem Fensterspalt feststeckt, wie ein Schlappschwanz in deinen Wichsgriffeln, nur weil du ihm aus Hass den Hals abschneiden willst, mit deinem elektronischen Fensterheber, auf den du so fest drückst, als ginge es um die Wurst, das Leben, den Schwanz der Zeit, in der du schon deine Kinder im Hinterauto dich zum Teufel scheren schreien hörst, als sei es deine Schuld, dass der Stau ins Stocken geraten ist und du nicht der Auserwählte bist, für den diese Staumutter dich gehalten hat, einen Fick lang und es trotzdem bist, sonst wäre es doch nie soweit gekommen, obwohl es keinen Meter weiter geht, seit 17 Uhr 16, nur weil die wichtigen Dinge des Lebens sich nicht in Metern messen lassen, schon gar nicht, wenn du gerade Liebe machst, wie eine verklemmte Kugel im Lauf eines verrosteten Maschinengewehrs, obwohl das in einem Stau noch nachvollziehbar wäre, da wo die kleinsten Fortschritte sich wie neuentdeckte Galaxien benehmen. Wie auch immer! Der Stau auf der Adolphe-Brücke ist auf Irrwegen. Im durchgeknallten Universum! Und etliche Galaxien sind auch nur sternschnuppernde Scheiben, die uns äußerst irdisch belächeln. Du läufst Gefahr, diese himmlischen Grimassen mit denen der Kopfschlächter zu verwechseln. Du weißt schon, wenn sie die Messer wetzen! Ja genau, dieses Lächeln meine ich! Mit Karnickelkotklümpchen verwechseln sie uns. Denn anders kann der Stau auf den Brücken dieser Welt nicht aussehen. Glaube mir einfach! Ich habe es gesehen. Von weit oben. Habe es gerochen. Von weitem. Den Gestank der Staus. Der Alzetten im eigenen Auto. Weil es in diesen Situationen keine Entlüftung gibt. Niemals! Keine Klos. Keine Bewegung. Keinen Fortschritt. In der Geschichte. Die Zeit verheddert sich. Gibt an! Motzt! Tut plötzlich so, als stehe sie still. Stillgestandene Sekunden in Reih und Glied. In schwindelerregender Höhe. In gespannter Länge. Eine optische Täuschung! Wenn du nur tief genug in den Kugeln der Karnickel steckst. Anstatt in utopischen Windeseilen deine kostbare Zeit zu verschwenden. Sekunden vergehen Verbrechen! An mir! Hauptsächlich an mir. Denn ich habe alle Zeit der Welt! Mir diese Gedanken zu machen. Diese unklaren. Diese nutzlosen. Und das war es auch schon wieder. Kommt mir doch alles sehr merkwürdig vor! Ist ein merkwürdiges Spiel. Dieses Klemmen. Dieses Kleckern. Dieses Hängen bleiben. An Kleinigkeiten. Die sich sammeln. Verklumpen. Zu einer Geschichte. Einer unscheinbaren. Stillen. Gefesselten. Für Taube ungeeigneten. Aneinander gekettete Sekunden, die rebellieren. Sklavenperlen, die sich abrackern. Verschwitzte Zeitaufschübe, die sich verfolgen. Ein fesselndes Brät. Das kann man gar nicht erzählen. Im Ernst! Das muss man schreien! Ich schreie! Hörst du es nicht? Bevor die Stimmbänder verknoten. Weil sie so vorlaut sind. So kampflustig. Und bevor die Schreie einen Sinn ergeben. Der aus lauter kleinen unsinnigen Tönen besteht. Die gegeneinander kämpfen. Um einen Ehrenplatz in der Kakophonie dieses Lebens zu erhaschen. Das in Verspätung ist! Weil es feststeckt! Auf der Brücke. Im Stau. Im Land der stehenden Flüsse. Der tiefen Stillen. Hallo! Ist da jemand? Du stillst die Tiefe deiner heimkehrenden Gedanken mit furchterregenden Nahaufnahmen der verstreichenden Zeit, die deine Windschutzscheibe bekleckert. Du schaltest den Scheibenwischer ein. Die Gedanken verschmieren. Deine Zeit! Jeder einzelne beugt sich unter einer hauchdünnen Erinnerung. Wie unter einer nicht tragbaren Enthüllung. Die im Stau verbrachten Tage haben zu viel Zeit eingebüßt. Der Rücken des Erlebten krümmt sich mit der Zeit. Der fliegenden. Es verbiegt die Entschlossenheit der Brücke. Nach unten! Sie hängt durch. Wie der überzüchtete Pansen eines

Hängebauchschweins. Das sich im Zeitloch suhlt. In dem vom Stau hinterlassenen. Dem der Wurst! Einer zukünftigen Mulde. Dem zukünftigen Grab. Brücken sind zukünftige Schweine. Schweine sind zukünftige Würste. Würste haben voraussehbare Enden. Enden sind Knoten. Knoten sind zukünftige Ziele. Ziele sind zukünftige Gräber. Und zufrieden grunzt der Stau seine Schweineträume in die Kulisse dieser Geschichte. Meiner! Und hat da eigentlich überhaupt nichts verloren. Außer der Unschuld! Der Wörter! Diese Würste der Buchstaben. Die wie Gefängnisstangen um deine Gedanken kreisen. Und lieber ihr Maul halten. Um nicht missverstanden zu werden. Es könnte dir ja zum Verhängnis werden. Das Gesagte. Das Gedachte. Das Lustige. Das Unterhaltende. Das zurück Gehaltene. Das Unterdrückte. Das Geschluckte. Das Gewürgte. Das wortwörtlich Genommene. Die überschrittenen Grenzen. Die lächerlichen Regeln. Die langweiligen Stile. Damit der Ernst des Staus dich nicht in die Tiefe der Alzette springen lässt. Es darf gelacht werden! Die Alzette lacht über die Petruss. Ätsch! Ich habe dir den Schneid abgekauft. Ich werde berühmt. Ich bin ein Plagiat. Ich bin die Größte. Und nur, weil ich besser klinge. Und meine Klinge besser schneidet. In das Fleisch der Heimkehrer. In das Lesehirn eines durchschnittlichen Geschichtenliebhabers. Einer kleinlichen Leseratte. Die mein Schiff als erstes verlässt. Recht so! Weg mit ihnen! Schluss mit Anfang und Ende! Den Knoten! Weg mit dem Durchschnitt! Der Wurst. Alles ist Wurst! Alles ist Scheibe! Alles Plagiat! Alles zu regelrecht und zu brav. Die Heimkehrer sind es. Die Stauverursacher. Die Stauenden. Die Verzögerten. Und Terminator ist es. Jedem Heimkehrer sein Terminator. Und die Alzette ist es. Jeder Brücke ihre Alzette. Und alles ist zu. Zu zu! Zu geschlossen. Zu in sich. In Ausweglosigkeit. In Staus. In Schlangen. In fiktiven Autoschlangen. In nervenden Kassenschlangen. In Buswarteschlangen. In Geldautomatenschlangen. In Arbeitsamtschlangen. Beichtschlangen. Wartesaalschlangen. Buchstabenschlangen. In Schlangen, die verwirren. Die Rätsel schleppen. Wie einen Schleier. Die Geheimnisse vertilgen. Wie Nikotinsüchtige ihren Qualm. Qualvolles Würgen. Das ein Gesicht bildet. Ein in sich verzogenes. Eine Grimasse, die eine Geschichte erzählt. Eine giftige. Sich schlängelnde. Eine Masse der eigenen Gesetze. Der einstudierten Ausdrücke. Als da wären die erschrocken zuckenden Augenbrauen. Die zittrigen Mundwinkel. Die Knoten der Wurst des Mundes. Die leuchtenden Augen. Die Knoten. Der Wurst. Der Blicke. Verbrennende Blicke. Empörtes Kopfschütteln! Verneinendes Abwenden! So nicht, mein Lieber! Nicht mit uns! So kommst du uns nicht klammheimlich in UNSEREN STAU gekrochen! Was bildest du dir eigentlich ein? Wer bist du überhaupt? Ein Springer? Was? Überall einsetzbar? Ein um die Ecken der Vernunft springender? Mit welchem Recht? Nach welchen Regeln wird hier gesprungen? Welchen Sinn soll das machen? Keinen? Ach! Du meinst also, Sinn sei Schwachsinn? Weil du ein was bist? Ein Poet? Haha, da lachen ja die Hühner! Und die Krebse. In der Alzette. Und Terminator. Auf Vordermann. Im Fensterspalt. Oder zwischen den Beinen deiner Hinterfrau. Und die Pferdestärken der stillgestandenen Automotoren. Und die Herzschläge der stillzustehen drohenden Heimkehrerherzen. Die den Stress nicht mehr loswerden. Fleißigst angesammelte Bonuspunkte in stinkigen

Büros. Frustrierende Mobbingattacken von unbekannten Neidern in der Überzahl. Diese Heckenschützen einer globalen Welt. Das ist ihr sehr wichtig. Dieser Welt! Dieser Kampf! Um die besten Plätze. Im Stau der Dinge. Der Sätze. Stoßstange an Stoßstange. Satz an Satz! Die nicht vorwärts kommen. Wollen! Dürfen! Sollen! Aber die Zeit der dichten Worte bleibt! Ist eine Brücke! Zwischen dem Knoten der Eintönigkeit und dem der Überholspur. Bestzeit in der Hoffnung. Vollgas in die Lust. Blind in die Gefahr des Unbekannten. Nur so! Zum Spaß! Jackass der Ungeduld. Der Dichtung. Ich habe es in der Hand. Auf den Fingerspitzen. Die Fingernägel brechen ab. In die Tasten eingerammt. Wie Stützpfeiler in den Bauch des unmöglichen Verlangens nach Sublimation. Damit die starre Eintönigkeit verdufte. Überall! Aus den blechernen Lawinen. Und den buchstäblichen Märchen. Einer neuen besseren Welt. Aber noch liege ich zurück! In diesem Rennen. Ich muss schneller sein! Doch ist Geschwindigkeit nur das Eine. Die Orientierung hingegen ist etwas anderes. Ich muss das Tempo erhöhen. Gas geben! Sublimieren! Aber ist das die Beschleunigung, die ich brauche? Der du standhältst? Es gibt keine Beschleunigung im Stau. Von Null auf Eins im Nullkommanix? In Scheiben geschnittene Sublimation? Auch sie eine Wurst? Eine illustrierte Illusion? Auch sie mit zwei hässlichen Knoten? Auch sie nur eine hoffnungslose Ansammlung Hoffnung? Egal! Ich habe es drauf. Was soll's? Es bleiben mir nur noch ein paar leere Scheiben. Sollte das hier die riesige Sensation werden? Aber da hinten kommen noch ein paar. Gedanken! Heimkehrer! Sätze! Autokolonnen! Keine Chance! Ich setze die besten Sätze auf die Reihe. Schaffen die es überhaupt auf die Medaillenränge? Holt mich hier raus! Ich zerquetsche! Potpourri! Tohuwabohu! Smogalarm! Scheibenkleister! Die Goldmedaille ist der Nabel der Welt. Weltmeister der Knoten! Und mein Anspruch ist auch ein anderer. Keine Medaille über hundert Seiten Sprint! In NEUNKOMMANEUN SEKUNDEN! Wenn ich es nicht schaffe! Zu überzeugen! Die Besten sind gefragt! Wenngleich die Fingerbewegungen es schon verraten. Das es so lala ist, was aus dieser Geschichte wird. Die Wörter schleppen sich dahin. Tippen auf die falschen Buchstaben. Die Tastatur ist nach links verrückt. Die Sinne ergeben sich. Dem Schicksal! Und du bist live dabei. Aus neudeutscher Sicht. Aber bleib dran! Die Show geht weiter! Die Zeit macht sich nackig. Ihr knackiger Hintern lugt schon über dem knorpeligen Nabel hervor. Der begehrte Anblick ihrer Scham ist nur noch eine Sache von Sekunden. Dranbleiben! Vom abgenabelten Sieger zum himmelkranken Loser sind es nur noch Millimeter. Im Stau auf der Adolphe-Brücke ist ein Millimeter einem verschwenderischen Lichtjahr gleich zu setzen. Ein nicht einzuholendes! Schon gar nicht mit meinen bescheidenen Mitteln. Das Rennen ist knallhart. Fingernagelhart! Meine Damen und Herren! Stauerotiker aller Brücken! Vereinigt euch! Die Zeiten sind hart! Und gefährlich! Ich hauche euch einen Hauch von sublimierter Atmosphäre in die Mulde der Spannung der Adolphe-Brücke. Sie ist ein Hängebauchschwein. Ein Leistungsdruckschwein. Fast wie früher! Man sieht sie nicht genau. Diese Mulden! Es sind Gletscherspalten. Menschenfressende und Leichenausspeiende! Es gilt, die Gefahr rechtzeitig zu erkennen. Mit einem Abheben in die Schärfe nach vorne. Brückenwanderer ahnen nichts von der stauenden Gefahr. Das Wichtigste ist Disziplin, sonst wirst du untergehen. Talent haben viele! Aber stehen bleiben will gekonnt sein. Wahllose Wörter! Nichts als stumme Stillsteher. Animalisches Brüllen! In der Wüste. Der geschlagenen Brücken! Stunden! Sie erfreuen sich großer Beliebtheit. Denn schließlich sind es meine Regeln, die hier brüllen! Es ist meine Geschichte! Meine Brücke! Mein Stau! Sind meine Schläge! Auf die schrägen Finger. In die verdutzten Gesichter. Die sich so oder so verziehen. Also bestimme ich, wie es hier weiter geht. Oder nicht weiter geht. Wie es hier kaprioliert. Katapultiert. Kapituliert. Kapiert! So ist das! Auf den aufgeschlagenen Brücken meiner Freiheit. Meiner kullernden Alzette. Meines Flusses. Meines Nirgendwohin. Und das mit einer Bestimmtheit, die sämtliche Vorstellungen eines ordinären Heimkehrers um Lichtjahre überschreibt. Locker! Also! Noch einmal von vorne. Zurück zum Anfang. Alles! Zu viel. Alles! Zu weit. Die Zeit! Sie vergeht. Zu schnell! Dem Himmel fallen büschelweise die Haare aus. Es regnet Heimkehratmosphäre auf die Windschutzscheiben. 17 Uhr 07. Auch der Wind ist eine Scheibe! Die Wettervorhersagen sind eindeutig. Keine Verlagerung des Tiefs über der Kölner Bucht. Die Nerven der Heimkehrer sind strapaziert. Liegen blank. Staumeldungen à gogo! Der Stau auf der Adolphe-Brücke dehnt sich bis rüber nach Brooklyn. Der Hudson River brodelt in den Köpfen der Pendler. Die Menschenmassen verpassen der verlorenen Zeit eine gehörige Lektion. Sie lassen sich nichts anmerken. Bleiben einfach cool. Respekt! Zu Unrecht, wie sich noch herausstellen wird. Nichts geht mehr. Vorwärts? Rückwärts? Die Städte stehen still. Die Flüsse bilden Klumpen. Das Leben ist gelähmt. Es ist aus. Die Liebhaber stecken in ihren Frauen. Die Sackhaare in den Reißverschlüssen. Die fernen Blicke in den Horizonten. Die Satelliten in den Ozonlöchern. Die Öltanker in den Meeren. Die Flugzeuge in den Warteschleifen. Die gesprochenen Worte in den Fernsehwellen. Die Hoffnungen in den zuletzt Gestorbenen. Die Würste in gierigen Hälsen. Die abgefeuerten Chemiewaffen in den schmelzenden Hautpartikeln. Die Erde in der Zwickmühle. Die Zukunft in der Verspätung. Die Ahnungen in den Vorhersagen. Der Dreck bis in den Hälsen. Die Tagesbilder in den Satellitenschüsseln. Die Ersatznieren, die Eizellen, das Sperma, das Frischgemüse, die Kühe und Schweine, kurzum die Wurst, das Ende, der Welt in den Tiefkühllagern. Die Kunst in den schmierigen Händen brünstiger Kuratoren. Die Musik in verbotenen Raubkopien. Die Gesichtsausdrücke in versteinerten Visagen. Die rasierten Mädchen in Menschenhändlerhänden, die verschleppten Kinder in uneinnehmbaren Kellerfestungen. Die langweiligen Sätze in geistergeschriebenen Büchern. Die Terroristen in amerikanischen Präsidenten. Die Selbstmordattentäter in zerfetzten Paradiesen, die Hoffnung in den Präservativen. Doch genug davon! Die Knoten sind am Platzen! 17 Uhr 25. Regel Nummer 11: Der Platz ist das Wichtige! Welchen Platz du einnimmst, im Stau! Wo du steckst! Vorne? Hinten? In der Mitte? Auf der Überholspur? Dem Standstreifen? Du sitzt in deinem Mercedes und verwandelst dich allmählich. Mit der Zeit! In einen trostlosen Kragen, der platzt. Einen wie mich! Ich bin deine Mutation! Versetze mich. In dich! Nach einigen Stunden wird es mir zu blöd. Hey! Versteh mich! Ich muss nur rüber. Auf die andere Seite. Der Brücke. Und verwandle mich in einen Terminator, der in deinem Fensterspalt steckt und nach Hilfe ruft. Wo er dir doch nur helfen wollte. Dir deine Zukunft verderben wollte. Und während ich in dem Satz, den ich auf die Schnelle über diese Brücke machen wollte, stecken geblieben bin, verwandelst du dich gnadenlos! In einen Schmeichler. Einen Schleimer. Komm nur rein! Setz dich! Wo willst du hin? Ich fahre nach New York. Es wird eine lange Reise. Den Stau kenne ich wie meine Hosentasche. Ich stehe täglich in ihm. Bin ein professioneller Heimkehrer. Nein, der dauert nicht mehr lange, glaube mir! Der löst sich gleich auf. Der löst sich immer auf! Was? Du willst nur über die Brücke? Warum gehst du dann nicht zu Fuß? Weil du Angst hast? Nein, die Brücke ist noch nie eingebrochen! Was redest du da für einen Quatsch? Das ist mein Auto und hier bestimme ich die Welt! Wer gehen muss, wer bleiben kann. Du kannst ruhig bleiben! Unterhalte mich! Erzähl mir eine Geschichte, aber red keinen Quatsch! Ich raste sonst aus. Ob ich wen kenne? Terminator! Du meinst den TERMINATOR? Den Killer aus der Zukunft? Sag, für wen hältst du mich, natürlich kenne ich den! Und den Retter der Zukunft kenne ich auch. Haha! Er sitzt neben mir! Hey, ich hab dich sofort erkannt. Mir kannst du nichts vormachen. Ich habe dich durchschaut. Und dass dieser Stau so lange dauert, ist auch nicht normal. Das ist alles nur ein Trick! Ich bin doch nicht blöd! Ich habe den Durchblick, Mann! Mir kommt hier kein Terminator rein. Habe da so meine Tricks. Bin nicht von gestern. Denkst du, ich stehe aus Spaß auf dieser dämlichen Adolphe-Brücke? Überleg doch mal! Wieso sollte ich das Fenster schließen? Durch diesen Spalt passt nicht einmal ein Furz des Terminators. Jetzt beruhige dich! Und nach einigen gnadenlosen Stunden verwandelst du dich. Seit Stunden ist die Sonne dem Untergang nahe. Seit Stunden laufen die Pferdestärken in den Motoren leer. Die Scheibenwischer wischen die Tiefen der Kölner Bucht in die Alzette. Die Frauen in den Rückspiegeln tarnen sich. Die Autoreifen schmelzen zu einem Ölteppich. Die Brücke wird zur Gummizelle. Der Reifenbrei kriecht über die Stoßstangen. Die Beifahrerfenster öffnen sich einen Spalt. Terminatorschwärme kreisen wie Raben über den Baumwipfeln des Alzette-Tals, das tief in seinem Abgrund erschrickt. Die Stimmung kommt einer Scheibe immer näher. Die Spannung zwischen Nullpunkt und Einsamkeit verwandelt dich satzweise in die Welle einer Schlange. In die Traumfrau eines Werwolfs. In den Untergrundkämpfer einer Heimkehrerbrüderschaft. In einen fröhlichen Sadisten, einen eitlen Punk, einen ferngesteuerten Bullen, einen unterschwelligen Literaturkritiker, einen perversen Kurator, einen überzeugten Stauexperten, einen religiösen Fanatiker, einen versagenden Autovergaser. In sämtliche Bilder, die du in meinen bestürzten Augen erkennst. Ich bin erschüttert! Ich kann es nicht fassen! Du weißt also Bescheid? Über mich? Über den Terminator? Du kennst den Ausgang der Geschichte? Ich kenne die Länge jedes einzelnen deiner Sackhaare. Jedes Jammertal deiner Lachfalten. Jede Welle der vorhersehbaren Gezeiten deiner Hirnrinde. Diese speckige Mülltonne, die sich vor meinen Augen plättet. Zu einer fußballfeldgroßen Scheibe. Du bist jeder! Du bist sie alle! Alle, die mit uns im Stau stecken. Alle, die sich in ihn zwängen. Obwohl er zu platzen droht. Und quillt. Wie eine fette Zecke. Blutverschmiert und verzweifelt suchen wir einen Ausweg. Im Rückspiegel! In vorgegaukelten Musikträumen. In angeberischen Wettervorhersagen. In vergangenen Nachrichten. In eingebildeten Geschehnissen. Als könnte man in die Vergangenheit eintauchen. Wie mit dem Stinkfinger in die Feuchte einer Frau. Wie mit dem Schlachtmesser in das weiche Gehirn. Dieser erloschene Stern in deinem Kopf. Du bist alle, die alle Zeit der Welt zu haben scheinen. Alle, die an den Zitzen der Geduld hängen wie an der Muttermilch des einzig Wahren. Alle, die verwandlungsfähig sind. Alles können. Alles sein. Alles sein können. Scheißegal ist, was oder wer. Wann oder wo! Hauptsache mitten drin. In der Feuchte. In der Hirnmasse. Im Stau. Auf der Brücke. In einer anderen Zeit. Einer anderen Geschichte. Alles Komiker. Alles Schauspieler. Alles unecht. Eine Scheibe. Der Wurst. Ein Kapitel. Der Geschichte. Ein Heimkehrer. Der Menschheit! Ein Brät. Ein Sammelsurium. Ein Brei der Abfälle. Wo sind die harten Keulen des Lebens? Wo ist das saftige Steak? Das Nahrhafte? Das Unbedingte? Soll ich hier verrecken? Vergammeln? Im Massengrab der Würstchenfresser? Im Stau der Menschenfresser? In den Wettervorhersagen der Seelenfresser? In den leerlaufenden Motoren der Naturfresser? Sag! Sprich! Antworte! Sage ich. Und er! Hey! Hey, beruhige dich, Mann! Was ist los mit dir? Bist du der Auserlesene, oder was? Noch nie in einen Stau geraten? Es bringt nichts, sich so aufzuregen. So ein Stau hat seine eigenen Gesetze. Da musst du unbedingt die Ruhe bewahren, sonst flippst du aus. Mach keinen Fehler! Das kannst du dir nicht leisten. Dafür gibt es keine Goldmedaille. Fürs Ausflippen. Mach lieber das Fenster nur einen Spalt weit auf! Da klopft einer. Ein Verrückter. Ein Staurebell. Bin ich etwa ein offenes Fenster für die Welt? Terminator? Mann, hör auf mit der Geschichte! Das ergibt keinen Sinn. Was will er? Frag, was er will! Alle wollen sie etwas. Sagt er. Aufgebracht. Und ich antworte! Ich sage, dass er sich aber aufdrängt. Ja, er vergewaltigt meine Geschichte. Ja! Du hast keine Ahnung. Du bist nur ein einfacher Heimkehrer. Er aber tut so, als müsse er ihr eine Richtung geben. Als habe das Stecken im Stau eine Richtung. Wenn ich stecke ist es mir egal in welcher Richtung. Die Brücke ist nach allen Seiten offen. Die Knoten am Ende der Welt sind nur Trugbilder. Digitale Irrlichter. Beruhigungsknoten. Und ebenso benimmt sich die Alzette. Wackelt mit ihrem Schwanz, als gäbe es da etwas zu wackeln. Als sei alles in Butter. Die Wurst. In Butter. Ein Leckerbissen. Des Schicksals. Es spritzt. Die Windschutzscheibe ist voller Fettspritzer. Zukunftsperlen. In der Geschichte. Jede Perle ein Satz zum Aufhängen. Über den Rückspiegel. Wo die Frau im Hinterauto vergebliche Küsse sendet. Ihren geschwängerten Bauch in die Höhe hält und in Blindensprache Sätze schickt, die niemand versteht. Eine andere Geschichte! Die Zeit ist eine verdammt gute Lügnerin. 17 Uhr 57. Aber welchen Tag haben wir? Übermorgen? Sind schon Monate vergangen? Jahre? Ganze Leben? Vollständige Geschichten? Selbst Terminator ist nicht mehr der gleiche. Graues Haar. Faule Zähne. Willenlos! Hat seinen Auftrag vergessen. Die Zukunft retten? Den Auserwählten töten? Die Hinterfrau ficken? Den Heimkehrer beim Sich-Verwandeln ertappen. Sterben! Aufhören! Zu terminieren. Er kann sich nichts mehr vorstellen. Der Autokorso ist unerbittlich. Kompakteres Vergessen gibt es nicht.

Der Stau ist alles! Nur noch alles! Kein Rasen mehr. Keine Abfahrt. Keine Wahl. Keine Entscheidungsmöglichkeit. Keine fairen Bedingungen. Weiter geht es nicht! Das hat weiterhin Bestand. Der Standstreifen ein einziges Schlachtfeld. Der modernden Gedanken. Eine zu erwartende Sperre. Vor dem Aus. Vor der bröckelnden Mauer. Die Bürgersteige haben den Vorteil der letzten Steine. Ich weiß nicht, was es bedeuten soll. Die Steine fallen! Tief! Die Alzette wird zur Adolphe-Brücke. Die Steine zu Wasser. Doch der Stau bleibt. Wie eine Ameisenbrücke hängt er über dem zusammengebrochenen Jammertal der Alzette. Fest angeknotet an den Enden dieser ehemaligen Brücke. Zwischen der Ebbe und der Flut der Störenfriede meiner Geschichte. Die eine Entfernung ist! Von dem Gesagten. Das nichts erzählen soll! Worte machen zu viele Regeln! Sätze machen zu viele Gefangene! Die Sätze der Brückensteine machen Sätze in die Tiefen der Sinne! Und wenn die Steine erst einmal gefallen sind, werden die Störenfriede ihnen folgen. Irgendwann! Schließlich sitze ich neben dem Heimkehrer par excellence! Und schlucke Geduld in unvorstellbaren Mengen. Es kann nicht umsonst geschehen! Es muss einen Sinn hinter diesem Unsinn geben. Ist Terminator hinter mir her oder nicht? Bin ich es? Der Auserwählte? Der in dem Ameisenhaufen der Zusammenkriecher stochern soll? Wer gab mir diesen Auftrag? Ein Ameisenkopfschlächter? Ein Störenfriedstörenfried? Die Angst vor einstürzenden Brücken? Insbesondere überfüllten. Über die ich gehen muss. Rüber zum Reisebüro. Ein Verkehrsknoten zwischen Alzette und Hudson River? Weil es immer irgendwohin gehen muss? Auch meine Geschichte ist ein Auftrag. Falls ich scheitere! Ein ganz klarer! Den ich aber nicht sagen kann. Oder will! Das wäre ja langweilig. Wie eine spannende Geschichte mit Happy End. Aber bitte! Nicht mit mir! Da kannst du dir einen anderen suchen! Davon gibt es schon genug. Schau dir meine Hände an, ehe du mir in die Visage spuckst! Lächle, wenn du nichts verstehst! Das macht man so! Oder sehe ich aus wie ein Märchenerzähler? Ein Brückenbauer? Wie ein stotternder Schwarzenegger? Einsatz ist alles, was zählt! Ein Satz von mir und es geht weiter! Diese Reise ist nicht buchbar. Frühbucher unerwünscht! Ich habe das Recht zu schweigen. Und du erst recht! Schweig still! Wunderbar, diese Stille! Wie du mittig in meine Sätze springst. Mit deinen fliehenden Blicken. Die es nicht wahrhaben wollen. Dass es so etwas gibt. Erlaubt ist! Jetzt spielen natürlich die Nerven eine Rolle. Wer hält es am längsten aus? Du oder ich? Ich gönne es dir. Super! Doch mein Vorsprung wird größer. Ich bin zu schnell! Besonders im Stillstand bewegen sich meine Gedanken wie flinke Ameisenbeine auf der verwandelten Adolphe-Brücke. Jetzt, wo sie lebendig ist. Es gibt sie tatsächlich. Sie bebt! Sie wackelt! Sie schwingt! Wie ein lachender Bierbauch. Ein ejakulierender Schwanz. Kotzbrocken! Spuckt Töne im Beat der strampelnden Ameisenbeine. Dass ich mir die Ohren zuhalten muss. Das muss ich mir nicht anhören! Und ich muss rüber. Einfach nur rüber! Stopfe mir zwei Bündel kreischender Ameisenklumpen in die Ohren und setze einen Fuß vor den anderen. Setzen! Entscheiden! Zielen! Die Richtung bestimmt sich von alleine. Störe meine Sätze nicht! Ich setze mich in Bewegung. Strample! Sätze stampfend! Stanzend! Komme was wolle! Eine Ameise nach der anderen schreit um Hilfe. Heimkehrerameisen im Todeskampf! Eine Schwitzhütte nasenbohrender Heimkehrer. Ein Ameisenhaufen fluchender Autofahrer. Die von nymphomanischen Frauen träumen. Schäumendem Bier. Ein Bröckeln dampfender Brückensteine. Die von Kometenstaub träumen. Ein Schwänzeln träumender Wassertropfen. Die vom Meer träumen. Gebündelt. Knoten spannender Überbrückung. Die zu nichts führen. Mich nicht zu meinem Ziel. Drüben ist zu erkennen. Zielen! Peilen! Auf die andere Seite muss ich kommen. Nur dahin und sonst nirgends! Aber ich stolpere wie ein pimpernder Pinball durch die gestauten Stoßstangen meiner geplatzten Sätze. Sätze wie geplatzte Träume! Träume vom Seitenwechsel. Vom Flusswechsel. Von Brückenwechsel. Vom Angstwechsel. Ich habe mich heraus getraut, den Fuß vor die Tür gestellt, die Angst vor der Brücke gesehen, den Stau erkannt, mich hineingestürzt, mit den Fingern gehämmert, mir die Fingernägel abgebrochen, die Steine zum Bröckeln gebracht, das Kribbeln sämtlicher Ameisenhaufen der Welt in die Ärsche der Heimkehrer verführt, einfach so, ohne Bedenken, sie zum Herausschwitzen der Geduld gezwungen. Aus den Tränen eines Erlösers! Damit jeder die grausame Reise über die Alzette versteht! Sie buchen, verlegen und versetzen kann. Wie eine schlechte Liebhaberin. Eine gequälte Geschichte. Eine verwirrende Staumeldung. Eine gelogene Sage! Damit jeder die Wettervorhersage des aufgelösten Tiefs über der Kölner Bucht begreift. Des Hochs auf die Alzette. Der Plan ist einfach! Entwirren! Die Motive sind zahlreich. Und dennoch! Hinter den Kulissen des Staus macht sich verdeckte Schadenfreude breit. Auf der Adolphe-Brücke.

Hilferufe! Ausrufe! Aus! Es ist aus! Hey Termy! Schlappschwanz! Wo steckst du? Hilf mir! Ich muss rüber. Sonst ist es aus! Zu spät! Die Zeit läuft mir weg! Gibt es Schlimmeres als Verspätung? Aber die Regeln sind die Regeln. 18 Uhr 00! Ist ein zu genauer Zeitpunkt. Kommt wie gerufen. Die Zeit zum Frühbuchen ist verstrichen. AUS! Wie konnte mir das nur passieren? Wie konnte dieser Punkt nur so unaufhaltsam verstreichen? Dieser Punkt ist eine dämliche Schmierwurst. Die Frühheimkehrer hetzen in das Kribbeln ihrer Ärsche. Endlich! New York verschwitzt die weite Ferne. In der Nähe aber klopft Termy an die Windschutzscheibe und schreit: „Er löst sich auf! Er löst sich auf!" Soll das eine Drohung sein? Ein Bild der Gewalt? Nach dem Kampf der Sätze der Kampf der Bilder? Du erkennst nicht den Zusammenhang? Erbärmlich! Streng dich an! Zeig mir, was dir heilig ist! Im Staugeschäft promovieren? Zufälliger Interviewpartner des Alzettefernsehkanals sein? Zusammenhänge erkennen? Ich gebe dir ALLE ZEIT DER WELT! Hättest du mir nicht zugetraut? Denkst, ich bin ein Spinner? Ein Spritzer? Ein Springer? Und genau so ist es! Ich spinne! Netzknoten in die Verbindungen der blasierten Flüsse und gestauchten Brücken. Spritze verheißungsvolle Sätze des Entsetzens auf die heimkehrenden Störenfriede. Versprühe meine Belanglosigkeit. Springe Abgründe in die Kunst des Erzählens. Unaufhaltsame Risse in diese Geschichte. Und wer sollte mich daran hindern? Termy? Dieser alternde, feige Schauspieler? Der sein Script nicht versteht? Nicht lesen kann? Der so tut, als sei er das Nec plus Ultra der Lebensretter? Nemo propheta in patria! Nicht mit mir! Ich lasse mich nicht retten! Ich bin kein Hampelmann. Kein zu Erlösender! Kein Heimkehrer. Kein Staugeschädigter! Kein Steckengebliebener! Obwohl? Hm! Na ja! Wer kann das schon von sich behaupten? Karl? Klar! Ein Spinner! Ein Spritzer! Ein Springer! Ein Großmaul! Ein Lustmolch! Ein Satzschänder! Geschichtenverächter! Ein Schmunzler! Ein Regloser! Stillstehender! Regelloser! Anstandsloser! Phantasieloser! Gnadenloser! Harmloser! Ansatzloser! Halt! Stop! Langsam! Du weißt ja mittlerweile wie es weitergeht. Wenn ich erst einmal loslege. Wenn ich anfange den Stau zu sprengen. Den der Worte. Der Ameisen. Der leeren Aussagen. Der unverbindlichen Sätze. Ich befestige sie. Stricke sie zusammen. Die Ameisenbeine. Staue und klaue was das Zeug hält. Sauge ihnen die Buchstaben einzeln aus. Aus Mitleid! Aus Spaß und gähnender Langeweile! Über die Strenge der Geschichten. Die man so hört! Über die ich sie ziehe. Diese Sätze! Diese Beine! Wie einen bunten Regenbogen. Das ist besser für die Spannung! Meiner Stammzellen. Und die gute Laune! Meiner ausgeklügeltsten Ängste. Wenn die ständig Gestauten, die ewig Verhinderten anfangen auszurasten. Aus den Blechen. Und den Ameisenhaufen. Aussteigen! Und über die Ursachen spekulieren. Es muss doch einen bestimmten Grund für den täglichen Stau geben? Irgendein Idiot hat einen Fehler gemacht? Irgendein Störenfried hat die Störenfriede gestört? Irgendein Angsthase hat zu früh gebremst? Ein Ausgeflippter hat sich in einen Heimkehrer verwandelt und unter ein Heimkehrerauto geworfen? Welch ein Debakel! Eine Katastrophe! Eine Nachricht. Eine tägliche Vorhersage. Ein globales Stauverursachen. Oder irgendein Geiselnehmer hat Termy gekidnappt! Terminator ist wieder einmal ungünstig auf der

Erde gelandet. Völlig nackt und mitten auf einem brückenden Überhol- oder zittrigem Zebrastreifen. Vor die Füße eines importierten Geiselnehmers. Retter sind Tollpatsche! Auserwählte Angsthasen. Geiselnehmer. Zeitvertreiber. Die Adolphe-Brücke lässt sich so manches einfallen, um die Stausteher bei Laune zu halten. Die Masse der Stausteher auf einer Brücke ohne Stau! Stelle es dir vor! Das wäre schlimm! Schlimmer als frustrierte Hooligans im Rausch eines verlorenen Heimspiels. Wahrscheinlich ist es so gewesen. Aber da hat er sich geschnitten! Der Geiselnehmer. In die Pulsadern. Dass er den Terminator erwischt hat. Der keine Gnade kennt. Und ihn in Scheiben geschnitten hat. Zack! Zack! Und jetzt klopft er an mein Beifahrerfenster und flennt. „Es tut mir so leid! Ich wollte keinen Stau verursachen. Ich habe mir nichts dabei gedacht. Er wollte mich fesseln. Ich lasse mich nicht fesseln! Ich bin der Retter der Welt!" Und ich denke mir, so wird das nichts mit meiner Weltreise. So komme ich nicht ins Reisebüro. Ein schlechter Wochenanfang. 18 Uhr 00. Stillstand! So erlebe ich nicht, was mir vorschwebt. Meine Geschichte ist entsetzt! Scharen nackter Schönheiten, die sich gedankenlos auf mich stürzen, suchen das Weite. Die Strassen New Yorks hupen durch meine Nervenstränge. Ein mich küssendes Brooklyn stolpert über meine Finger. Die dem verstörten Terminator ein gewinnendes Zeitlos vor die Nase halten. Hallo! Ich bin ‚s! Habe den Hauptpreis gewonnen, du Vollidiot! Ich bin der Gewinner einer Reise nach New York. Ich muss das Los einlösen. Heute noch! Wie spät ist es? Was? Und du spuckst mir deine Tränen in die Ohren! Lass mich, ich muss los! Ich muss hier raus. Muss rüber. Irgendwie werde ich doch über diese dämliche Brücke kommen. Das kann doch nicht so schwer sein. Ich soll was? Fliegen? Hey, du Motherfucker! Schnee von gestern! Rückenwind? Das hatten wir schon. Komm mir nicht mit auf dem Rücken fliegen und so einem Blödsinn, ja? Ich bin der Auserwählte! Der Geloste! Und eingeklemmt wie eine Blutwurst! Schneide dir ruhig eine Scheibe von meinem Können ab! Das des Rüberkommens. Des Entknotens. Irgendwie werde ich rüber kommen. Knote was wolle! Noch ist die Geschichte nicht aus! Noch ist diese Wurst nicht gegessen. Die Alzette nicht im Meer. Im fetten, ölbetankten. Die Brücke nicht eingefallen. Mir nicht. Dir nicht. Abwarten! Dir fällt auch nichts besseres ein! Als dir Ameisen in die Ohren zu stopfen. Wegen dem Gejammere. Als mit deinen Gefühlsschwankungen mein Vorwärtskommen zu beeinträchtigen. Weil ich der Boss bin? Es macht keinen Spaß in deinem Heulen zu stochern. Inmitten geduldiger Heimkehrer, die nichts Besseres zu tun haben, als Wettervorhersagen und Staumeldungen zu analysieren. Als gäbe es dafür eine Goldmedaille. Fürs beste Zuhören. Für die beste Wiedergabe der unwichtigsten Nachrichten von gestern. Das Tief über der Kölner Bucht! Der strömende Haarausfall des Himmels! Die splitternden Brüche der Wolken. Das folternde Hämmern der Regentropfen. Auf die Geduld der Brückensteine. Auf die Spannung der Ameisenbeine. Wie auf eine ausgelieferte Tastatur. Eine sich abnutzende Geschichte. Ein rhythmisches Einfallen. Es kommt ein Punkt, wo es reicht! Die Steine ergeben sich. Die Heimkehrer übergeben sich. Die Pferdestärken zertrampeln sich. Galoppieren auf der Stelle. Dampfende Auspuffrohre in den Nüstern. Es geht nicht weiter! Auf die Nerven! Nichts geht mehr! Ein Stillstand fürs Leben! Zeitschlucken für den Fortschritt. Von wegen Schritt. Fortstand! Alles wird zuviel! Ist es! Schon! Hat nicht sollen sein! Ist vergammelte Zeit! Ist Wurst! Ist halb so wild! Zum Abschießen frei gegeben. Denkst du! So läuft das aber nicht! Die Sonne ist schuld. Schon fast untergegangen. Die Heimkehrer sind schuld. Am Ersaufen. An ihrem geduldigen Schweiß. New York ist schuld. Nur noch eine Scheibe Traum. Ein Apfelstrudel. Ein geplatzter! Der Gestank der trägen Alzette ist schuld. Die Stauvorhersagen sind schuld. Der Vordermann des Hintermanns ist schuld. Ich bin schuld! Alles ist schuld. Nicht wirklich! Nichts ist wirklich! Keine Erklärung macht Sinn. Kein Auflösen. Kein Rätsel. Weder hier noch da. Da ist schuld! Der Rücken ist schuld. Auf dem Rücken geflogen wird es nicht besser. Aber immerhin! Was nicht ist kann noch werden. Koste es was es wolle. Vergiss die Vergangenheit! Die Stauenden hinter und vor dir. Diese Zeiten sind vorbei! Man darf die Zeit nicht übertreiben. Die Überholspuren nicht so bitterernst nehmen. Es ist vorbei! Die Brücken sind vorbei. Sie nicht überspannen! Nicht überschreiten! Das Bedeuten ist vorbei. Das Überholen. Das Erzählen. Die Kapitel. Die Geschichte. Sie reicht nicht aus. Ist nicht genug. Die heiße Phase der Entwirrung beginnt. Die Entscheidung steht bevor. Sieg oder Niederlage? Stecken bleiben? Raus kommen? Rüber kommen? Stillstand? Es steht nicht in den Sternen. Nicht in den Bibeln. Es steht im Stau. Es steht hier. Geschrieben! Wie gedacht. Gehämmert. Regel Nummer 18: Schreibe es, wie du es denkst! Denke es, wie du es erlebst. Schlage es! Sauge es! So und nicht anders. Stanze unglaubliche Bilder auf den Weg. Nach Hause! Nach drüben! Emotionaler Rückenwind. Fliegende Flucht. Ins Ungewisse. Zerstückle es! Wie es dich zerstückelt. Es dich zum Elementarteilchen macht. In einem Haufen Dreck. In Wartestellung. In schleifender Unruhe. Ein Übereinander von Scheiben. Das Durcheinander einer Wurst. Aufschnitt überfüllter Bedeutungen. Übertriebener Sinne! Wie die Motivation aufrecht erhalten? Wenn nichts zu tun ist. Wenn alles reibungslos funktioniert. Alles steht? Alles stockt? Du bekommst das trügerische Gefühl, dass auf der Erde alles in Ordnung ist. Hurra! Terminator flennt. Hurra! Die Pferde brennen. Die Hufen stinken. Hurra! Du überlebst den Abfluss der Alzette. Hurra! Der Lebensraum dehnt sich auf deinen Stau aus. Hurra! Die Frau im Hinterauto bläst dir einen. Im Rückspiegel. Hurra! Du hast ein Ziel. Hurra! Du bist eine Scheibe. Hurra! Im Schlitz! Im feuchten! Der Zeit! Die dir auch einen bläst. Einen erlösenden! Du hast das Profil des idealen Erlösers. Hurra! Du klebst Termy eine. Hurra! Klebst deine geblasene Seele wie einen Fuchsschwanz an die Antenne deiner Wettervorhersagen. Hurra! Mann, bist du toll! Und du steigst wieder aus dem Heimkehrerauto aus. Hurra! Du bläst dich auf. Du siehst die Ameisen kommen. Hurra! Aus deiner geblasenen Seele. Sie stürzen sich auf den wehrlosen Stillstand. Deiner Träume! Die sich in den Brückensteinen verkrochen haben. Ewig stauben die Sterne. Ewig verkriechen sich die Helden. Ewig blasen die Seelen. Zum Kampf. Du siehst, wie es die Adolphe-Brücke staubkörnchenweise zerfrisst. Hurra! Es frisst DICH. Es kettet sich aneinander. Es kriecht in deine Autoschlange. Es vertilgt die Heimkehrer. Es schmälert die Geschichte. Es saugt ihre Geduld.

Verdunkelt das allgemeine Bild. Der Frau. Im Rückspiegel. Hurra! Du bist nur noch eine Wortblase. ZACK! HARR! WÜRG! ZISCH! Aber du wirst es schaffen. Du bist der Mittelpunkt des Universums. Das fehlende Elementarteilchen. Das Vergessene! In einer abgelegenen Ecke. In einer kleinen Galaxie. Einem Tal. Einem elenden. Durch das ein Fluss zu fließen versucht. Über dem eine Brücke so tut, als verbinde sie etwas. Knoten? Fesseln? Welten? Und du spuckst dein gequältes Antlitz auf diese Brücke. Wie du willst! Es ist ein traumhafter Stau. Ein tägliches Desaster. Das etwas besonderes zu sein vorgibt. Ein Angeber! Ein Großmaul. Wie du! Ein ordinärer Ausnahmestau. Ein Satzstau. Wie du! Willkommen im Alzette-Tal! Hurra! Du schaffst es! Du wirst rüber kommen. Das wird eine große Nacht in der Geschichte der Verbindungen. Der Knoten. Eine fundamentale Episode. In Sachen Extremitäten. Exkrementen. Exzessen. Ex-Frauen. Ex-Brücken. Ex-Würsten. Ja, der Tag der leeren Brücken wird kommen. Der leeren Städte. Ex-New York übt sich trocken! Stillgestandene Brücken träumen gelangweilte Staubblicke über die vertrockneten Flüsse und die ausgetrockneten Meere saufen gierige Zeitflüsse. Ausgemergelte Heimkehrer stürzen sich in das Spiegeln der Tränen des Ex-Terminators. Was soll das werden? Reflexartig blinzele ich in den Rückspiegel. Wer stört meine Zukunft? Ich fasse es nicht! Bin am mich herausschälen aus diesem Heimkehrerauto, weiß nicht, ob ich noch drinnen oder schon draußen bin, da spüre ich dieses feuchte Lächeln auf meiner Brust. Stecke in dem Fensterspalt, den ich selbst geöffnet habe. Bin auf der Flucht! Von vorne zieht Termy wie ein Lutscher an mir rum, hinten krallt sich dieser dämliche Heimkehrer in meine Eier und von unten knutscht mir diese zwinkernde Frau die spärlichen Brusthaare. Was soll das werden? Die Autos fangen zu hupen an. Die Reifen platzen. Die Pferdestärken schlagen bockend aus. Die Ameisen brennen durch. Die Radiosender senden pausenlose Wettervorhersagen. Die Büros am anderen Ende der Brücke schließen geräuschvoll die Türen. Damit ich es genau höre! Es mir bewusst wird. Das Nichts! Das daraus wird. Aus meiner Reise. Aus meinem Los. Alles verspielt? Die Brückensteine knistern wie zertretene Ameisenbeine. Spielen mit ihrem Leben. Adolphe verzieht sich beschämt in die Beine seiner Frau, die Brückenpfeiler. Die Alzette plätschert wie Dünnschiss durch die Stadt. Adolphe springt kopfüber hinein. Der Hudson River verfolgt es über Satellit. Live! Und springt hinterher. Ich werde zerrissen. Live! On stage! Im Universum! Und habe Mühe, meine Teile zusammen zu halten. Die Fensterscheibe spaltet mich. Die Frau blitzt mich. Ich bin zu schnell! Für diese Welt. Termy trennt mich. In Scheiben. Für diese Wurstfresser. Ich werde zur Zielscheibe des Todes. Der Heimkehrer verschluckt sich. An meinen Sackhaaren. Die wie Ameisenbeine tanzen. Doch die Ameisen helfen mir. Sie sind die schwarzen Fußabdrücke. Im Schnee dieser Geschichte! Klebriges Zeug, diese Viecher. Wenn du sie dir als Schnittwunden auf den Körper wälzt. Schwarz wie die Nacht! Die ein Sendeschlussbild nach dem anderen flimmert. In die Leinwand meiner Traurigkeit. Die keine glatte Stelle mehr hat. Schwarz! Weiß! Schwarz! Weiß! Hoppel! Zisch! Unaufhörlich. Ich kann nicht hinsehen. Nicht mehr hinhören. Es tötet den Nerv! Foltert. Es hat etwas zu bedeuten! Mir? Und ich weiß nicht, wo sonst hinsehen. Immer nur ackern. Zuschauen. Zuhören. Teilhaben. Mitfühlen. Verstehen! Was gibt es da zu verstehen? Einen verklemmten Stau? Eine Sackgasse im Nirvana? Die Sackhaare im süchtigen Mundwerk eines Heimkehrers? Die alle gleich sind. Alle steigen sie aus. Alle! Samt! Dick! Dünn! Dämlich! Dumm! Flimmern zwischen der Blechlawine. Ihre Schuhe verkleben im geschmolzenen Kautschuk. Sie beginnen zu wippen. Wie Affen im Zoo. Geduldig. Leer. Fallen aber nicht um. Heimkehrer fallen nie um! Einfach so. Sie lächeln. Immer! In Erwartung des neuesten Stands der Dinge. „Dies ist eine wichtige Durchsage! An alle Autofahrer! Die Adolphe-Brücke ist gesperrt! Die Alzette zum Feind übergelaufen. Der Himmel ist gesperrt. Die Nacht ist das Trugbild eines Flimmerns. Die Sterne sind staubige Restposten. Das Universum ist ein Boxstall. Die letzte Staumeldung eine Verräterin. Verlassen Sie unverzüglich ihr Auto! Ich wiederhole: Verlassen Sie unverzüglich ihr Auto! Es besteht Einsturzgefahr! Hängen Sie an ihrem Auto? Ihrem Leben? Dann verlassen sie es! Lassen Sie ihr Auto stehen und begeben Sie sich in eine der anderen Richtungen! Diese Brücke endet nicht. Und bewahren Sie die Ruhe! Geduld! Wir haben alles unter Kontrolle!" Die Ameisen zittern in meinen Narben. Klatschen in die Hände. Jetzt geht es los! Eine Autoschlange an deine Windschutzscheibe klatschender Ameisen ist etwas fürchterliches. Eine an deine Gedankenscheibe klatschende Menschenmenge etwas abscheuliches. Regel Nummer 3: Mach dir nichts draus! Mach dir klatschende Gedanken! Schneide sie in Scheiben. Ist dir doch egal! Sollen sie nur! Du hast doch Scheibenwischer! Also weine los! Oder etwa nicht? Steckst im Stau. Hast keine andere Wahl. Bist in der Zwickmühle. Ich warte schon seit Monaten darauf, dass sie einstürzt. Ich bin vorbereitet! Mir kann man so nicht kommen. Ich bin der Auserwählte! Was soll mich das kümmern? Ich bin unterwegs nach New York. Ins Universum. Bin nicht Terminator. Soll der sie doch alle retten! Ganz klar! Da werden einige staunen! Dabei sein, die schlecht weg kommen. Aus dem Stau. Aus dem Nichts. Dem Schlamassel, das uns umgibt, dem Höhepunkt des Unsinns, dem Drehbuch der endlosen Ungeschichtlichkeit. Hä? Was soll das werden? Schmarren? Ameisennarben? Scheibenwischerschrammen? Tränenstaub? Eine Fehleinschätzung der Situation? Der Steine? Des Bröckelns? Ein totales Unverständnis der Regeln? Eine absolute Missachtung der Warnungen? Eine täuschende Ähnlichkeit mit den Träumen eines Staumelders? Eines unerlaubten Traummelders? Eines Ichs? Eines Dus? Kilometerlange Traumschnuppen in Sicht! Träume? Eine uns verbindende Wurst? Eine waghalsige? Wir? Knoten in Bedrängnis? Weißwurstige! Von nix eine Ahnung! Von hochheiligen Kopfschlächtern an die Enden des Bräts verbannt? Im Inneren zermalmt. Äußerlich gelassen. Cool! Hülle! Schmierig! Geduldig abwartend. Dass er sich löse. Von uns! Der Stau! Und unseren Helden. Heimkehrer? Sich klar trenne! Von unseren Zielen. Heimweh? Sich entscheide! Zwischen Alzette und Hudson River. Aber was soll's! Du kennst das ja. Dieses Gefühl! Schwarz! Weiß! Schwarz! Weiß! Schwarz! Weiß! Wackelkontakte der Elementarteilchen. Schauer des Todestriebs. Verschlingen der Schlangenmenschen. Unerträgliches Warten. Unbarmherziges Entführen. Einziger Fehler! Zu früh begreifen! Schreibschweiß! Es ist so hart. Lass uns warten! Tag für Tag! Wo soll das noch hinführen? Denn heute bin ich unfreiwillig ich selbst. Lass mich ausreden! Ich habe nichts zu verändern. An diesen Aussätzen! Der Grund, warum ich hier überlebe, soll hier überliefert werden. Klammern an einzige Lebenszeichen! Heute ist es meine Aufgabe, der Welt mitzuteilen, dass ich zwar gefangen, jedoch noch am Leben bin. Wichtig ist es, den Kontakt nicht abreißen zu lassen. An alle Geiseln in diesem Land: Haltet durch! Ausharren! Alles hat ein Ende! Symbolische Bedeutungen? Fehlanzeige! Unwirkliche Welten. Schatten unserer selbst! Alle die sterben werden lassen dich grüßen. Ich spreche mit dir! Sollen wir alle dazu verdammt sein in den Wäldern der Adolphe-Brücke zu vermodern. Momente des Lebens, für immer verloren. Solange ich denken kann bestimmt die Adolphe-Brücke das Leben meiner Zellen. Ein Luxusgefängnis. Die Heimkehrer sind die Kindersoldaten der Alzette. Uganda fließt durch die Blutbahnen ihrer Hände. 18 Uhr 00: Krieg der Mercedessterne! Machtlosigkeit. Kein Platz, seinen Müll loszuwerden. Vielleicht hält man uns fest, damit wir unsere Scheiße fressen? Ist auch nur Wurst. Knotenlose! Worum geht es überhaupt? Sonne trinken? Dada? Soll ein neues Spiel gestartet werden? Ist es das Ende meines Traums? Alles zuviel? Zu weit! Gedacht? Die Enden unvereinbar? Wir stecken in einer schwierigen Phase unserer Beziehung. Merkst du es? Die Angst ist nur noch ein schlechter Albtraum. HUCH! Wer bist du? Dass du mich einfach so liest? Was erlaubst du dir? Dasselbe wie ich mir? Recht so! Hau rein! Es herrsche Krieg! Sage ich dir. Krieg! Weil ich der festen Überzeugung bin, dass du der heimliche Heimkehrer bist, der den elektronischen Fensterheber betätigt und mich in deinem Fensterspalt quälst und drauf und dran bist, mir die Eier abzureißen. Krieg der Eingeweide. Der Fleischwurstfüllungen. Kein Wunder, dass ich mich ein letztes Mal ergieße! Des letzteren des öfteren! Das ganze Zeug los werde! Es nicht immer und ewig mit mir rumschleppen kann. Wie du deinen fetten Bierbauch und deine gedichteten Märchen. Was? Du hast keinen? Egal! Wenn ich spritze, spritze ich! Da gibt es nichts zu rütteln! Da geht es nicht drum, die Form zu bewahren. Den Regeln zu entsprechen. Eine Geschichte runter zu leiern. Das können andere. Ich bin nicht aus diesem Brei gewurstet. Ich erlaube mir alles. Denn Alles erlaubt es sich mit mir. Und schlüpfe in die Lache des Bodens, der sich unter mir verliert. Wie die zivilisierte Erde in den mächtigen Standspuren. Die sich verknoten! Wäre doch gelacht, wenn es mir nicht gelingen würde, mich von ihnen zu lösen. Ich bin nicht noch kleiner zu kriegen. Reiße dem Heimkehrer meine geliebten Sackhaare aus dem glitschigen Mund. Klebe sie mir wieder an den erwartungsvollen Sack, der im Faschingskostüm an mir baumelt. Nicht bevor ich die kitzeligen Ameisenbeine abgeschüttelt habe, die ein lustiger Sackhaarersatz waren. Stecke der unaufhaltsamen Hinterfrau mit den erwartungsvollen Blicken einen glaubwürdigen Heiratsantrag zwischen die Poritze oder die Augenschlitze, wenn dir das besser gefällt, und nähe mir mit Ameisenhilfe Terminators weinende Roboterretterarme an meinen endlosen Rumpf. Der vor sich hin tropft. Dem das natürlich nicht gefällt, dem Termy. Aber was soll ich mir den schusseligen Kopf über das Schicksal eines von mir nicht Herbeigerufenen zerbrechen, wo ich genug damit zu tun habe, mich aus diesem Stau der schmerzhaften Dinge heraus zu quälen? Schließlich bleibt alles wie immer. Beim alten! Und ich habe zu tun. Habe ein Los! Muss es einlösen! Sonst ist es zu spät! Immer ist zu spät! Der Rechtsweg ist ausgeschlossen. Die Situation heikel. Der Sinn des Ganzen schlittert ins Endlose. Das ganze Ende, sprich der Knoten, ins Sinnlose. Den Autos wachsen herbeigebetete Engelsflügel. Der Himmel ist zu breit für diese Schar und kneift ängstlich den Hintern zu. Und lässt einen fahren. Einen was? Also bitte! Soll er sich doch verteidigen! Vor der Angst. Vor dem Ansturm der fliegenden Alzettentäler. Der sich in den wachsenden Flügeln anbahnt. Wachstumsstocken! Heimkehrerglockenspiel. Sie wehren sich mit klirrenden Händen und Füßen. Gegen das Entkommen. Eiseskälte sprießt aus dem furzenden Himmelsloch. Der emporsteigende Nebel der Täler versperrt meinen sensiblen Augen diesen Anblick. Ich erkenne Panik! Aber diese gestauten Ängste sind zu viel. Zu viele Federn wachsen gleichzeitig. Diese Zeit kennt nichts mehr. Keine Regeln! Keine Gnade! Die Grenzen des Geschmacklosen überschreiten die auf der Adolphe-Brücke hinterlassenen Standspuren. Der hinterlassenen Zeit. Die still steht! Ergeben? Für immer? Nein. Halt! Was ist das? Sie ist es, die die Flucht ergreift. Feige Versagerin! Passive Angeberin! Professionelle Lügnerin! Gekaufte Vertreiberin! Lächerliche Entsorgerin! Verstreichende Zeit ist mittelmäßig. Gute Zeiten werden geklaut. Flügel werden gestutzt. Die heimlich heranwachsenden! Meine Roboterarme ertragen diesen Anblick nicht länger. Ich kann nicht tatenlos mit ansehen, wie die Autos scheinheilig werden. Ich bekomme mächtig zu tun. Muss jedem einzelnen dieser schwingenden, heimkehrenden Autos die Flügel stutzen. Ein grobes Unterfangen in Betracht der Menge. Das mir bevorsteht. Im Stau. Ich halte mich mit Kleinigkeiten auf. Die Federfetzen fliegen ausgerissen durch den aufsteigenden Nebel ins Tal. Diese breiten Engel sind high. Der Hudson River stochert nervös mit Brückenpfeilern und Wolkenkratzerspiegelbildern in seinem Flussbett. Er weiß, wozu bekiffte Engel, die von oben herabstürzen, fähig sind. Wovon ich rede? Das amerikanische Wasser blutet vor lauter Stochern. Und ich kämpfe mich tapfer und bedingungslos durch das Flügelfleisch der Adolphe-Brücke. Werwölfe tanzen wirr durch meine Bemühungen. Jetzt bin ich es, der es nicht zulassen wird, dass sie entkommen. Die Geduldigen. Die Verstecker. Sie sollen mein uneinlösbares Los teilen. Komme ich nicht regelrecht nach New York, sollen sie im Stauwolf meiner Enttäuschung vergammeln. Ohne Arme klammert der entrüstete Terminator sich an meine ausrupfende Wut. „Was machst du da? Hör auf! Lass es sein! Es hat keinen Sinn! Du wirst nichts verändern! Du wirst es nicht schaffen! Du bist ein Versager. Du versagst den ganzen Feierabend. Die ganze Welt. Du verstehst die Geschichte nicht. Du bist fehl am Platz!" Alleine diese Unterschätzung treibt mich zu massenschänderischen Höchstleistungen. Was soll ich missverstanden haben? Diesen Ort? Diesen Text? Diesen Stau! Diese Adolphe-Brücke! Alle Brücken der Welt sind Adolphe-Brücken! This is your final destination! Hurry up! This is the road to Guantanamo! Diesen Ort, an dem es keine Gerechtigkeit gibt? Diese verheerenden Folgen? Ein Loch bohrt sich in meine Seele. Der Text schießt aus dem Fleischwolf der Verzweiflung. Ameisenbeinige Sätze kugeln sich vor Lachen in den Dumdumgeschossen der ausgeträumten Sehnsüchte. Sich auflösen, sobald man sich ihnen nähert! Im Augenblick ist es unerreichbar. Der Nebel der heranwachsenden Engelsflügel verdichtet jeden Ausweg. Reiße ich ihnen, diesen feigen Staustehern, diese vermaledeiten Flügel aus, damit sie mir nicht entkommen? Ihnen, die unbedingt nichts unternehmen, um mir beim Vorwärtskommen zu meinem Ziel zu helfen? Oder lasse ich sie heranwachsen und erlaube es ihnen, wegzufliegen? Zu den Kopfschlächtern? Den Himmelkranken? Dem Paradies der Terminatoren? Das ist doch lächerlich! Glauben an Entkommen? Niemand wird es je erfahren. Dass ich hängen geblieben bin. Im Steckenbleiben! Ich brauche nur auf den Knopf zu drücken und es wäre aus. Es wäre vorbei. Mit dem Stau. Dem Los. Den Brücken. Den Zielen. Drück auf den Knopf! Mann! Jetzt mach schon! Ich bin der Mörder meiner Geschichte. Der Kapitelkiller! Ich tue es nicht für mich. Viel zu lange habe ich es geduldet, dass sie die Regeln vorgibt. Dass sie die Zeit bestimmt. Meine Geschichte! Es muss Schluss sein. Ich muss sie zerreißen. Die himmelkranken Engelsflügel, die jedem Heimkehrer wachsen. Plötzlich! Ich bin es, der ihn auflösen muss. Jetzt! Den Stau. Alles! Ich bin es, der absolut keinen Sinn hat. Für Geduld. Für diese Art von Humor. Ich kann machen, was ich will. Blabla! Ich bin also doch keine Alzette, kein Hudson River. Stehe breitbeinig über dem Alzette-Tal. Wie arrogante Zwillingstürme. Ich bin ein gepinkelter Wasserstrahl. Der aus sehnsüchtigen Feuerwehrmannsaugen schwitzt. Riesige Schneisen schneidet. Durch sämtliche Hindernisse. Durch die sich Flüsse der Entrüstung wie belanglose Spaziergängerschritte schlingern werden. Anschließend totale Einsamkeit! Auf ausgetrampelten Pfaden. Sich verlieren! In Übermut. Gesagt getan! Schon galoppieren die ersten grauen Scharen wildgewordener Pferdestärken durch die verbotenen Schatten der stillstehenden Zeit. Staubige Wolken stürzen sich auf mein Gesicht. Engelfedern kleben sich an meine geschwitzte Anstrengung. Ich muss verdammt harmlos aussehen! Wie ein Plüschtier in einem Plüschzoo. Die sich verwandelnden Heimkehrer glauben, ich sei einer der ihren. Ich kann es nicht fassen! Mein genetischer Code benimmt sich fremdartig. Wie eine Wurst. Eine, mit unendlichen vielen Knoten. Eine Knurst. Ist in meinem Wahnsinn ausgestreckt wie eine Lincoln-Stretch-Limousine. Der Fahrer hält die Tür auf. Terminator steigt ein. „Good evening, Sir!" Alles nur ein Spiel? Ein Späßchen? „Fahren Sie los! Verfolgen Sie diesen Gedanken!" Ich kann es kaum erwarten. Die Jagd beginnt. Gedankenlose Heimkehrer protestieren gegen das Abschlachten wehrloser Hirngespinste. Sinnlos! Terminator ballert gnadenlos drauflos. Es spritzt überall. Die Engelsfedern erröten. Und laufen wie benutzte Tampons durch die aufgeregte Unordnung des Staus. Die Adolphe-Brücke wird zur Roten Brücke. Zur Selbstmörderbrücke. Die Tampons springen verzweifelt in die Tiefe. Ich habe das Gefühl, dass es nichts ändert. Das Nichts verändert nichts! Ob sie springen oder nicht, die Masse der Heimkehrer bleibt immer die gleiche. Geduld im Auffanglager. Pufferzone zwischen Raum und Zeit. Niemandsland der Massenträume. Sie gehorchen bizarren Gesetzen. Die Brücken sind die Regel. Die Heimkehrer die Tampons. Die Zeit das überflüssige Blut. Und ich die schlechte Laune. Mimosa! Die unbefruchtete Geschichte. Wen kümmert es? Soll es weiter gehen? Gibt es auf alles eine angemessene Antwort? Das Blut der Masse läuft den Bach hinunter. Und trotzdem ist es so, als lüfteten sich die Klumpen der Brücke. Auf meiner verklebten Haut herrscht unbeschreibliches Chaos. Federleichte Beklemmnis versteift mein Herzklopfen. Es trommelt gegen die Wände der Wurst. Es verbiegt die Räume der Zeit. Die mir bleibt. Die gestauten Gedanken quellen ungeordnet. Häufen sich einer auf den anderen. Swingern sich einen nach dem anderen runter. Und verkriechen sich in auswegslosen Sackgassen. Vorsichtshalber. Als lösten sich die Knoten meiner Sackhaare an deren Ende auf. Die Knoten meiner Wurst. Auch ich eine Wurst? Eine Scheibe? Aufgeweichtes, monströses Eingebilde. Auf mich mit Gebrüll! Heimkehrende Wasserleichen, Blutleichen, Todesengel setzen zum massiven Todesstoß an. Zum ersten! Zum letzten? Ich will es nicht wahrhaben. Die Nachrichten belehren mich eines besseren. Die Geschehnisse werden übertragen. Live. Unplugged! Es ist unaufhaltsam. Es schlingert sich durch das Geschehen. Es ist um mich geschehen. Hurra! Das Los ist gezogen. Hurra! Die Reise beginnt. Hurra! New York, ich komme. Hurra! Jetzt wird es ernst. Schluss mit lustig. Aus die Maus. Die Alzette macht die Beine breit und ihre Nässe verschlingt meine knackigen Sätze. Auf ihrer nackten Haut komme ich ins Trudeln. Hinter mir stürmt eine wildgewordene Brücke. „Da hinten türmt er!" Amok macht sich breit. Heimkehrer schießen wie Pilze aus dem Nichts. Hinterfrauen werden zu wahnsinnigen Furien. Terminatoren zu Gotteskriegern. Pferdestärken zu Menschenfressern. Ameisenbeine werden zu nichtssagenden Buchstaben.

Halbgeöffnete Fensterscheiben zu Zwangsjacken. Rückspiegel zu Verrätern. Stoßstangen zu Kinderschändern. Radiowellen zu Tsunamis. Stauvorhersagen zu Gruselmärchen. Wettervorhersagen zu den zehn Geboten. Ladeschlusszeiten werden zu lebensendenden Knoten. Beifahrer zu Kopfschlächtern. Und du wirst zum Komplizen! Zum Kriecher. Hintergeher. Verfolger. Wusste ich es doch! Alles wird zuviel! Alles stürmt in einem vereinten Satz in mein Genick. Die Falten der Geschichte fallen über mich her. Klatschen mich zwischen die Beine der dämlichen Alzette. Ich aber bin aus gewähltem Trotz. Klatsche zurück. Auf dem Rücken fliegend. In die Roboterhände! Bravo! Vor Begeisterung. Bravo! Ich komme! Ich entkomme! Ist das alles? Das soll es gewesen sein? Eine auf mich einstürzende Brücke voller Stauidioten soll mich aus der Reserve locken. Hallo? Schon vergessen? Ich bin der Auserwählte! Ich klammere mich an die kampferprobten Selbstmordgedanken, die wie geistesgegenwärtige Schneeflocken im Kreisverkehr der allgemeinen Dummheit umher springen. Stillgestanden! Ich bin der Applaus der aufprallenden Tränen eines armlosen Terminators. Die Heimkehrer sind entsetzt. Ich bin ein Star! Ich muss hier weg. Ich muss nach New York. Ich muss auf die Brooklyn-Brücke. Ich spüre es. Es zieht mich nur dort hin. Und zwar jetzt gleich! Von diesem Sturm angetrieben. Schon plansche ich im Schleim dieser neuen Wurst. Verschlinge ihre glühende Hitze. Die ihrer kochenden Wut. Über mich! Über meine Ausbrüche! Werde in einen Heimkehrersumpf gesogen. Wie in den Schrei eines Bildes von Munch. Unwiderruflich! Berühmt! Endlich! Denkst du! Hast du meine Roboterarme vergessen? Die ich in Berge von geduldigem Fleisch krallen kann. Die sich vor mir ausbreiten wie eine sehnsüchtige Vergangenheit. Eine verschimmelte Scheibe. Wurst? Die Geschichte? Das brodelnde Alzette-Tal? Sozusagen verlorene Zeit. Fließende Traurigkeit. Ein geplatzter Darm hat mehr Spaß am Leben. Eine Überdosis Übermut überwältigt meine Übelkeit. „Ach, wie ist die Alzette doch so schön!" Berge Fleisch singen Hack. Über mir! Drehen mir den Rücken zu. Fliegen. Über mich! Alles dreht sich. Der Schrei der Frauen ist verführerisch. Saugt an der Mündung des Hudson Rivers. Auf der Brooklyn-Brücke stehen die langbeinigsten Frauen New Yorks und schreien hysterisch. „Er kommt!" Die Brücke bebt. Ein Frauenstau! Sie reißen sich die Kleider vom Leibe und werfen sie in den Fluss. Nur um mich zu retten. Ich sehe nur noch nackte amerikanische Frauen. Lange Arme und Beine. Rasiert bis an die Grenze. Der Scham. Es zieht mich unweigerlich dahin. Es plätschert schon in meinen Eiern. Das sind zur Abwechslung Störenfriede, die sich sehen lassen. Eine Abwechslung, die sich gewaschen hat. Hoffentlich! Und wenn nicht, ist es mir auch egal. Sollen sie stinken! Ist mir recht. Besser, als auf der Alzette-Brücke verrecken. Klettere prompt und zielstrebig an meinen stählernen Blicken empor. Zeitstangen! Versteinerte Sehnsuchtsfäden. Verteile meine fetten Küsse mit wedelndem Schwanz und gelassener Nonchalance in der gespreizten Ankunftsnacht. Brooklyn leuchtet hell. Der Fluss spiegelt. Die Zeit gleicht einem letzten Funkeln Glück. In der starren Iris des Todes. Faltenfrei! Glatt wie ein Aal! Auf den Punkt gebracht! Schmierig! Feucht! Drängend! 18 Uhr 00. Die letzte Träne springt über Bord. Zeitursprung eines Spinners. Der

Atlantik schwappt über. Die Zeit wellt sich. Lebenslustig! Springt amüsiert in das frische Fleisch. Als wäre ich es! Das Lachen. Die Welle. Die Novelle. Der angekommenen Alzette. Auf dem Boden der Tatsachen. Steige ich aus. Dem Unsinn einer Stauepisode folgend. Federleicht fliege ich über die Brücken und Ozeane der Termine. Benommen unterwerfe ich die vergehenden Sekunden einem genauen Zeitplan. Und erkenne die Gefahr nicht. Die Knotenpunkte! Die Enden der Brücke! Da, wo sie sich verstecken. Die Neider. Die eifrigen Eifersüchtigen. Die Regelrechten. Die Geduldigen. Die wie Sittenpolizisten in den fest gezurrten Knoten an den Enden der Brooklyn-Brücke stehen. Während ich in den langen Beinen der amerikanischen Frauen zu wüten glaube. Die Knoten verhärten sich. Das ist das einzig Sichere! Ziehen sich zusammen. Wie ein schrumpfender Schwanz. Eine verbrannte Wurst. Die Frauen hecheln. Unter dem Druck der neuen Verkehrsregeln. 18 Uhr 00: Regel Nummer 9: Immer mehr Regeln! Es wird kompliziert. Ist mir egal! Ich brauche es. Das Hecheln der Frauen. Der Regeln. Was kümmert es mich, wessen Ursprungs es ist. Wenn es um das nackte Überleben geht. Um meins. Das der Zeit? In einer fremden Welt? Der Regeln? In einer gestohlenen Zeit? Einer gestochen scharfen Sekunde? In der sich alles dreht? Zu schnell? In der es um alles oder nichts geht? Alles ist mir recht. Zuviel ist geschehen. Die Geschichte platzt aus allen Nähten. Die Zeit wirft ihren Anker. Überflüssiger Ballast wird über Bord geworfen. Das Ziel ist erreicht! Das Los ist eingelöst. Ich bin der glückliche Gewinner einer Reise in die Zuckungen. Der Zukunft. Hier bin ich nun. Schneller als der Schall. Der Angst. Der Verwüstung. Hinter mir her? Nur noch Chaos. Alzettentäler! Vor mir liegt New York. Zu Füßen. Hell erleuchtet. Nackt und schreiend. Eingekesselt. Nass und gierig. Von oben bis unten rasiert. Die langen Beine. Der ausgelosten Frauen. Nichts ist dem Zufall überlassen. Die Brooklyn-Brücke ist gesperrt. Die Frauen sind eingepfercht. Voller Erwartung. Die Freiheit winkt gnädig herüber. Wie immer. Alles läuft wie am Schnürchen. Alles ist bereit. Die Sittenpolizei ist auf Zack. ZACK! Ich liebe es! ZACK! Die Heimkehrer versinken in den hungrigen Meeren. ZACK! Die Zeit bäumt sich vergebens auf. Eine Anhäufung reiterloser Pferdestärken. ZACK! Die Ameisen überbrücken die Zeittanker. ZACK! Terminator vergräbt sich unter den eingebrochenen Steinen der verräterischen Adolphe-Brücke. Drückt der Freiheitsstatue eine eingespieltes Auge zu. ZACK! Die Autowracks bilden sich einen klumpigen Knoten ein. ZACK! Ein Mahnmal der Vernunft! Des Fortschritts! Mitten im Alzette-Tal. Ein Staubknoten. Das Zacken der Knoten ergibt wahrlich keinen Sinn. Aber ich liebe es! Meine Sätze zacken in die Geschichte und zeigen mir frech den Stinkefinger. Sie können sich das leisten! Sich schon einmal hinten anstellen. Da, wo das Zacken mir den Buckel runter rutschen kann. ZACK! Die Geschichte ist ein schwarzes Loch. In einer schwarzen Scheibe. ZACK! Der Nullpunkt heftet sich an mein Genick. Neugierig? Ankommen ist out! ZACK! Ground Zero ist in! ZACK! Die alten Regeln sind out! Besaufen sich mit dem Nektar meiner Träume. Zutiefst enttäuscht über mein Entkommen. Meine Flucht! Die Wettervorhersagen hängen in der Luft. Die Schleifen in den Spuren der Zeit. Die Sache mit dem Stau hat sich erledigt. Zack! Die wenigen Überbleibsel hängen mir zu den Narben raus. Aber es gibt Schlimmeres! Als zum Halse raushängende amerikanische Frauenbeine. Bis zum Nabel rasierte! Die einen umschlingen. Wie Aale einen leeren Pferdeschädel. Meine Hingabe an sie ist umwerfend. Störendes flimmert in weiter Ferne. Am Zipfel eines unwirklichen Horizonts schimmern Knoten. Bedrohliche Aussichten! Störende Haare werden kurzerhand vertilgt. Gezupft. Geächtet. Freiwillig. Echt. Alles ist echt! Wohlriechendes Frischfleisch. Kein Gammelfleisch. Kein Wurstfleisch. So hat es den Anschein! So trügt das Bild. Parfümiertes Verlangen überkommt mich. Eingehaltene Extaste entladet sich. Meine erbärmlichen Roboterarme schlottern lautlos. Verlieren sich in den Regenwäldern der umschlungenen Haarpracht. Der Saft der schmelzenden Lippenstifte balsamiert meine erschütterten Hautreste. Es geschieht alles von selbst. Nichts hält mich zurück! Alles überhäuft sich. Besäuft sich. Stapelt sich. Zu einem Haufen unkontrollierter Sätze. In den Hudson River. Obwohl! Noch höre ich das ständige Blubbern der untergehenden Störenfriede. In der untergehenden Alzette. In diesem untergehenden Abendlicht. Nicht klein zu kriegen, diese Heimkehrer! In den gewaltigen Meeren hinter mir brodelt es ohne Ende. In denen die Alzette sich endgültig und lächerlich verliert. Zerfließt! Sich leert. Ohne Unterlass! Wie eine geschlachtete Sau. Eine zukünftige NA-WAS-SCHON? Die Wurst. Das Ende. Der Welt. Ein Tropfen Zeit auf dem heißen Stein des Vergehens. Ein Sekundenstaubkorn im Auge eines Kopfschlächters. Der einfach weg schaut. Angeekelt! Und in sein eigenes Messer läuft. Ehrensache! Wie kann er nur? Wie kann sich alles nur so schnell verschieben? Auf der Scheibe des Geschehens. Denke ich! Und entlasse mich auf der Brooklyn-Brücke. Wie einen sich sträubenden Häftling. Auf ihr treiben. Fallen. Entkleiden. Hin und her stupsen. Knuddeln. Ich fliege von der Umklammerung einer langbeinigen Schönheit zur nächsten. Auf dem Rücken. Gekonnt. Den Himmel immer sicher im toten Blickwinkel. Ein schlechter Ausgangspunkt. Eine billige Nothaltebucht. Vorsichtshalber! Ich weiß ja nie, was kommen könnte. Vorsicht ist die Mutter allen Stillstands. Auf den Brücken. Der stampfenden Heimkehrer. Die ihre Trägheit nach Brooklyn katapultieren. In diese glatten Frauenbeine. Der Irreführung zuliebe. Sie versuchen mich zu täuschen. Gaukeln mir etwas vor. Damit ich mich in New York wähne! Sie zupfen an meinen Ohren. Damit ich an mich glaube! Spielen mit meinen Zehen. Kneten meine Gedanken. Meine Narben verfangen sich in ihren Zöpfen. Flüstern mir geheimnisvolle Botschaften zu. „Sei kein Narr! Lass dich nicht täuschen! Nicht alles ist, wie es scheint! Du solltest umkehren! Lass dich nicht verführen! Wir sind unschuldig, an dem, was geschieht. Wir gehören nicht in deine ungeschickte Geschichte. Aber! Wir können nicht anders. Wir haben keine Wahl. Wir werden beobachtet. Schau hin, am Ende der Brücke stehen sie! Das sind keine Verkehrsknoten! Das sind SIE! Sie haben es auf dich abgesehen. Sie warten nur darauf, dass wir dich ihnen ausliefern! Pass auf dich auf, DARLING!" Klar doch! No problem! Kiss Kiss. Is a piece of cake. A motherfucking hot dog. Die Wurst umdrehen, bevor sie anbrennt! Ich spüre, wie der Druck größer wird. Die Hitze steigt. Ins Unermessliche! Spüre, dass die Geschichte mir keine Chance lässt. Ausrutscht! Auf dem Eis der Herzlosigkeit. Alles ist zuviel! Alles ist vorbei! Die Beine der aalglatten Frauen pressen sich enger zusammen. Die triefenden Lippenstifte trocknen mich aus. Eiskalte Blicke zapfen mein Herz an. Dann geschieht Unvorhergesehenes! Sie hetzen plötzlich zur anderen Brückenseite. Reißen die Eiszapfen ihrer Blicke aus den dumpfen Schlägen meines Herzens. Ziehen einen nassen Teufel nach dem anderen aus dem grauen Alltag des Wassers. Einen Stauüberlebenden? Nach dem anderen? Was soll das jetzt bedeuten? Ich bin also nicht der einzige! Alles nur Betrug? Schein? Alles umsonst? Eine Scheibe? Eine Wurst? Ein Knoten? Die Heimkehrer teilen mein Schicksal? Der ganze Stau hat überlebt? Das große Los gezogen? Ich bin nicht der Auserwählte? Die Wurst keine echte? Ich bin ein Nichts? Eine Null? Nirgends rüber gekommen? Sitze fest? Nichts hat sich verändert? Adolphe-Brücke gleich Brooklyn-Brücke? Die Frauen nur Hack! HACK? HACK? Sie, die jetzt Terminator an den Armstummeln aus den triefenden Fluten ziehen? Verzeihung! Was soll der Blödsinn? Abschaum! Plagiat! Ironie des Schicksals? Dasselbe Szenario! Gleiche Geschichte! Letztes Kapitel! Showdown! Unsinn bis zum bitteren Ende. Schluss mit lustig! Vorsätzlich! Ich reiße mir den Arsch auf und Terminator sahnt ab? Auf der Adolphe-Brücke? In New York? Der Stau ist mir auf den Fersen? Die Heimkehrer hängen wie hampelnde Hämorrhoiden an meinem Arsch? Das fehlte noch! Soll ich etwa rückwärts verbluten? Und ich soll mich mit den Resten der Welt begnügen? Beschissene Geduld beweisen? Mein gezogenes Los teilen? Meine Ziele verstecken? Das Navigationssystem ändern? Die Regeln akzeptieren? So nicht!

Nicht mich in die Enge treiben! Nicht mich reizen! Ich nicht Rektum! Nicht Verstopfung! Nicht Stau! Ich Rückenflieger! Träumer! Dichter! Wortfänger! Nicht Abführmittel! Nicht Erlöser! Ich Auserwählter! Ausnahme! Auszeit nehmen! Freiheit saugen! Wie Muttermilch. Dann knutschen! Die übrig gebliebenen Frauen bis ans Ende der langbeinigen Brücke. Die Unrasierten auch. Die mit den kürzeren Beinen. Die Geduld der Heimkehrer auch. Wenn es nicht anders geht. Die an mir kleben. Wie die Staupest! Feinstaub! Todesgetriebene Déjà vus! Wenn es unbedingt sein muss! Ich weiter machen muss. Habe keine Wahl! Ziehe sie in die Länge. Die langen Beine. Die klebrigen Kaugummiheimkehrer. Die verzogenen Sekunden. Genieße sie! Solange sie Geschmack haben. Die Erlebnisse. Das Unvermeidliche. Das Endlose. Wahllose. Schließlich hat alles seine Ordnung. Zu haben! Alles einmal zu enden. Die Wurst im Zipfel eingesperrt. Ob hier in New York oder da im Alzette-Tal. Endlich muss einer der Knoten platzen. Die Zeit an meiner genüsslichen Wut ersticken. Und wehe dir, deine Blicke spazieren dann in einer meiner Gegenden. In einem meiner Sätze. Dann, wenn der Staudamm bricht. Der Darm die Nase voll hat. Und alles schießt. Sätze! Aus einer verrosteten Pistole. Dem Lauf der Dinge. Rektal versteckt. Erinnerungen an geduldiges Nichts. Hängende Vergangenheit. Blutgestillte Heimkehrer. Stillgestandene Zeit! Gewehr bei Fuß! Abgestimmte Zukunft. Im Akkord. Im Presskopf. In engspurigen Schleifen. Matschige Gedanken! In herrenlosen Hirnen. Armlose Gestalten! In falschen Filmen. Gestandene Stunden! In endlosen Staus. Überstandene Sekunden! In giftigen Lippenstiften. Vollgestanzte Scheiben!

Mit beliebigen Informationen. Warnungen. Vorhersagen. Falschmeldungen. Fahndungen. Allzu langbeinige Frauen! In unbehaarten Dessous. Auf meiner Seele trampeln in der Zeit geduldige Idioten. Ameisenschwärme verkriechen sich in die hohlen Sätze. Auf meiner nackten Haut zittert es. So dass es unter mir bebt. Wie ein kaputt geschlagenes Herz. In den mörderischen Händen einer geknoteten Bande himmelkranker Heimkehrer. Die sich am anderen Ende der Brooklyn-Brücke versammeln. Um mich zu stoppen. Mich! Zu bremsen. Mich! Zum Stehen zu bringen. Zu zwingen. Zum Aufhören. Mich? Den Überflieger! Den Springer! Den Spritzer des letzten Tropfen Blutes aufsaugend, das es verliert! Dieses geschlagene Herz. Als gelte es, zu überleben. In dieser nackten Frauenwurst. Diesem neuen Frauenstau. Dieser werwölfigen Adolphe-Brücke. Mal Adolphe, mal Brooklyn. In dieser ungestillten Zeit. Diesen krummen Regeln. Diesen ständigen Begierden. Von erneuerbarem Entweichen. Fliegendem Fliehen! Vor der ordinären Fantasielosigkeit. Aus einer atypischen Atüwelt in Überdruck. Mit weichmachender Knautschzone. Ohne ausgefallene Dichtung. Die etwas mehr aushält. Als verfallene Gesetze. Und langweilige Parolen. Die so leer sind wie die vertrockneten Fürze eines ordinären Heimkehrers von der Stange des Gefängnisses einer bröckelnden Steinbrücke. Die niemand haben will. Oder eben drum! Jedenfalls ist eins klar: Die Brücken, die ich schlage, sind nicht aus Steinen! Haben keine Enden. Und keine Ziele! Sind keine Mini-Würstchen. Ich schlage sie nur in die Räume stillstehender Sekunden. Zurückschlagender! In die Gehversuche lähmender Buchstaben. In die Schritte unmeisterlicher Ausbrüche. In das

Beinverlieren brückenschlagender Ameisen. In das Bocken eingebildeter Pferdestärken. In die Trägheit deiner lesenden Augen. Das Flattern deiner mitleidigen Blicke. Das Fett deines Hirns. Wenn du es bis hierher geschafft hast. In diesem Gefasele! Gefesselt von dieser schreienden Sinnflut. Auf der Brücke über ein jämmerliches Tal. Gar nicht so schlecht! Ich verleihe deiner Geduld einen Förderpreis. Das ist eine Bombenleistung! Du spinnst ja! Respekt! Schlage trotzdem vor, diese Brücken einfach zu vergessen! Sie bringen uns nichts! Sind zu hohl. Zu verankert. In der Geschichte. Vergiss Adolphe-Brücke! Vergiss Brooklyn-Brücke! Vergiss die buchstäblichen Brücken! Bleib wo du bist! Steh still! FREEZE! Niemand rührt sich! Halt! Oder ich schieße! Ziellos umher. Wahllos! Wie ein Besessener. Sowieso! Dem die Spucke ausgeht. In diesem Dauerstau. Der bemannten Ewigkeiten. Wo die Brücke meiner ausgetriebenen Träume nicht einmal einen Schatten umwirft? Ich überbrücke eine stillstehende Sekunde nach der anderen. Hänge mich rein. Ins Zeug! In diesen leeren Darm. Wie das ausgeblutete Schwein in die erwartungsvolle Länge der Wurst. Lege mich auf den vernarbten Rücken und lasse es flutschen. Sausen! Fliegen! Über, durch, in mich! Das Geschehnis des Stillstands! Die Stille der Geschichte. Die zurückgezogen unter dem Stau der Erkenntnis meditiert. Angeblicher Eremit! Arroganter Schamane! Ohne Nahrung. Ohne Wasser. Ohne Alzette! Nichts ist mir lieber. Als dieser Anblick. Aus welchem Grund auch immer. Unverständlich genug ist es. Doch reicht es nicht aus, mich zu beruhigen. Die Zeit auf den Punkt genau zu deuten. Sie, die einen vernarbten Schatten wirft. Auf die Alzette. Ohne Bedeutung! Dem Hudson River geht es nicht besser. Und der schattenlose Terminator hat auch ohne Arme und Bedeutung das gelobte Land erreicht. Und feuert sie an. Die Besserwisser. Die plötzlich hinter mir her sind, als läge alles an mir. In meinen tropfenden Händen. Sie! Die Jäger der verpassten Gelegenheiten. Der in Staus versäumten Stunden. Der unschuldigen Einbrecher in ihre geduldete Schlangenwelt. Sie! Die in Knotenpunkte verwickelten Besserwichser! Die nur darauf warten, dass ich mich verstricke. Vergehe! Verstaue! Einen Fehler mache. Den einen zuviel! Nicht den Regeln entspreche. Laut schallend über die Brücke schreite. SCHREITE! LAUT SCHALLEND! HÖRST DU? Unmögliches miteinander verbinde. Überbrücke! Verbuche! Wörter, die nichts miteinander zu tun haben wollen. Ewige Feinde! Sätze, die sich hassen. Blutrache! Herzklopfen! Gedanken, die sich bekämpfen. Im geschmolzenen Zeitmatsch. Gladiatoren! Ohne Überlebenschance! Stolpernde Schritte, die sich verknoten. Ameisende Buchstaben, die sich in das Alzette-Tal schmeißen. Wie in ein bleiches Leichentuch. Ausgerupft! Tollpatschig! Wirr! Um als Androide in dem Fluss der Zeit zu landen, der aus der undichten Blase eines allzu geduldigen Störenfriedknotens tröpfelt. Spielerisches Imponiergehabe! Meins! Ungekonnter Rededrang! Meiner! Zerhacktes Wurstplatzen! Meins? Achtung! Bleib schön hinter mir! Ist sicherer. Wer weiß, was noch alles passiert. In dieser Geschichte. Die nicht enden kann. Weil es nie eine sein wird. Nichts stimmt! In diesem Haufen Leben. Dieser endlosen Wurst. Die nicht einmal Illusionen vorzuzeigen hat. Ein erbärmliches Unterfangen. Dieser Versuch! Hinüber zu kommen. Irgendwo anzukommen. Mindestens einmal! In den aufgerissenen Armen der gaffenden Staufratzen? Am Ende der Brücke? In Brooklyn? Wo ich hin will. Wohin auch immer! Um ein neues Leben zu beginnen? Muss das sein? Muss ich unbedingt rüber kommen! Über sie steigen? Sie, die wie Sittenpolizisten anfangen an mir zu zerren. Mich zu quälen. Auseinander zu nehmen. In Stücke zu reißen. Jeder Satz wird untersucht! Jeder Sprung des Springers unter die Lupe genommen. Schließlich gäbe es da bestimmte Regeln, die unbedingt zu beachten seien. Gewisse Gesetze! Lähmendes Gift! „Sei vernünftig! Mach keinen Blödsinn! Red keinen Stuss! Das ergibt alles keinen Sinn! Das ist nutzloses Geschwätz! Wir werden es nicht dulden. Es verunreinigt unsere Geduld. Es stört uns! Es verbietet sich von selbst! Muss vernichtet werden! Entartet unsere Lebenserwartungen. Zerbrecht ihm die Finger! Nagelt ihn an den Brückenpfeiler! Verbrennt seine Hast! Knotet ihn! Knastet ihn!" Es ist so weit! Sie sind fest entschlossen. Ihre Geduld scheint am Ende. Der Schuldige ist gefunden. Der Stauverbrecher umzingelt. Der Feind ausgemacht. Die Ziele sind gesteckt. Die Zeit ist überspannt. 18 Uhr 00: Wie lange noch? Ausgeträumt! Jetzt geht es um die tatsächliche Wurst. Aushalten? Das Spiel ist aus! Ich bin geliefert. Wenn nicht ein Wunder geschieht. In diesen himmelkranken Zeiten. Der überflüssigen Störenfriede. À gogo! Die in kilometerlangen Schlangen zerfließen, um ihre gehässigen Kreise zu ziehen. Wie Schlingen der Vernunft. Wie Betten der Alzetten. Wie Täler des Jammerns. Wie Regeln der Kunst. Wie Engpässe der Zusammenhänge. Sie knoten sich zusammen. Unlösbar! Immer enger. Immer gnadenloser. Immer fester. Es gibt kein Entrinnen. Keinen Fluss! Das Fest kann beginnen! Die Knoten sind verankert. Gezogen um meinen nach Luft schnappenden Hals. Galgen! Heimkehrer! Brücken! Dauerbrenner Stau! Knast! Regeln! Zeitpläne! Termine! Ziele! Alles würgt an meinem Entsetzen über die Trostlosigkeit dieser ungeschickten Welt. Die mich ins Schwitzen bringt. Was die Verzerrung der Fingerknoten nicht lockert. An Auflösung ist nur noch zu denken. Wenn mir dieser Kragen platzt. Falls! Erneut! Und immer wieder! Ohne Unterlass! Ohne zu überlegen! Auf Abruf! Mit voller Leistung. Ohne Rücksicht auf Verluste. Und zwar jetzt! Da geht noch einiges! Ein Später gibt es nicht. Später ist die Geschichte blind. Später macht kaum Sinn. Früher war das noch Unsinn! Aber jetzt ist es eine Wurst. Früher? Ein fester Knoten, der uns die Freiheit nimmt. Ein Punkt! Später? Ein seltsamer Knoten. Der Zeit! Die uns den Rest gibt. Und du denkst, du bist das Gesetz persönlich? Willst mich zur Strecke bringen? Die Geschichte beenden? Die Zeit stoppen? Die Adolphe-Brücke vernichten? Auf mich verzichten? Das Zusammenhanglose bündeln? Terminators Arme wieder andocken? Die Heimkehrer in den Stau zurück versetzen? Die vergangenen Sekunden bestrafen? Hirngespinste weglaufen sehen? Na klar! Nur drauf los! Mach mal! Die langen Frauenbeine überschlagen sich schon. Vor Begeisterung! Beim Zusehen. Dieser Farce! Wie es um mich steht. In diesem Stau! Aus dem es trotz aller Versuche keinen Ausweg zu geben scheint. Es sei denn Scheitern. Absolutes Scheitern. Absolute Kunst! Egal wo! Steckengeblieben. Egal wie! Das ist nicht die Frage. Das ist Fakt! Ein Hackfakt. Zackfakt! Fuck! Ein endloser Zustand. Ein schwerevoller. Folgenschwerer. Kaum auszuhalten. Grausam! Und verdammt eng! Die Luft ist knapp.

Die Zeit drängt. Gierig. Engstirnig. Einstimmig. Der Stau lässt es nicht zu. Dass es weiter geht. Das Nachlassen! Mit dem Versprechen. Der konfusen Wortwahl. Als gäbe es da eine Wahl. Gibt es nicht! Glaube mir! Es kommt, wie es kommen muss. Es knallt, wie es knallen muss! Auf die Geschichte nieder. Der Aufprall eines selbstmörderischen Springers! Von einer der gebastelten Brücken der tatenlos in Reih und Glied herumstehenden Störenfriede ins einengende Tal der übrig bleibenden Zeitspanne. Alles hinter sich her ziehen! Alles auseinander nehmen! Alles in nackte Fragen stellen! Der Sprung in die Leere das einzig mögliche Wunder. Um dem Mob zu entkommen! Der Verwandlung der Heimkehrer! Die wie die Schmeißfliegen bellende Sittenhunde nachahmen. „RAF! RAF! RAF! wir kriegen dich!" Der Rache schwören sie absoluten Gehorsam! Rache dem Ungeduldigen. Dem Staatsfeind. Dem Störenfried der Störenfriede! Rache dem Scheitern! Was soll der Lärm? Der Blödsinn? Niemand stirbt hier, bevor ich es sage! Nicht ohne mich! Brückensterben! Staussterben! Scheibensterben! Wurststerben? Sehe ich aus wie ein Todesgetriebener? Es in der Wurst treibender? Habe ich das Zeug des Zügelns in der Hand? Das des Geschehens? Auf diesem Herumgebrücke? Aber Hallo! Und wie sollte es mir gelingen? Kann denn nur ich es entwirren? Ich, der Auserwählte! Mit den stählernen Armen eines roboterhaften Retters am Rumpf eines harmlosen Spaziergängers. Ich! Der Schreiter. Der Anecker. Der dazu Verdammte! Das Gerinnsel in Bewegung zu bringen. Ich muss dem Vowärtskommen zuvor kommen. Es bestimmen. Du musst mir vertrauen! Die Zeiten sind hart. Eine versteinerte Wurst der Vergangenheit. Ordnung muss sein.

Sprach die Wurst! Einer muss dran glauben. Sprach der Knoten! Einer ist der Dumdumme. Der abgeschossene. Und schon stehen sie bereit. Die Sittenwächter. Lachen mein Verderben in ihre klammheimlichen Fäustchen. Machen sich brückenbreit. Die Brückenenden so dicht, dass es bröckelt. In den auslaufenden Brückensteinmodellen. Dass es zu nichts führen kann. Das, was sie vorhaben! Denn ihre Dichtkunst ist erbärmlich. Ausgestanden. Abgetragen. Verstaut. Staubkorndick. Dem gewonnenen Niveaulos der Staumeldungen angepasst. In all der abgestandenen Zeit? Kein Wunder! An das ich mich krallen könnte. In der Hoffnung, ihr ein Ende zu machen. Der Zwickmühle! Die hupenden Protestes auf mich zu rollt. Eine Lawine heimlicher Staugenießer, die mich zu untergraben versucht. Mich, den einmaligen Rückenflieger. Den grob Vernarbten. Wo ich es gerade sein lasse. Das an Wunder glauben! Den Himmelkrankheiten der geduldigen Ansteher zu huldigen. Diesen Türvorstehern! Vor undurchlässigem Unglück! Es ist zu kompakt! Kommt auf mich zu wie ein gefrorener Zustand. Ist eine schwer abspielbare Scheibe. Dem entsprechend breitet sich die feindliche Stimmung auf der brüchigen Brücke aus. Der Brei der Wurst gleitet aus den Zügeln. Es wird glitschig. Mir mulmig. Unheimlich. Ausrutschgefahr! In die Arme der Lust. Mich klein zu kriegen! Jetzt, wo ich damit beschäftigt bin, in diesen Brei gerieben zu werden. Es dem Ende zu geht! Dem der Wurst. Dem Ende. Der Welt. Dem Knoten des gezogenen Loses. Und das an einem Tag wie heute. Ein unglaublich schöner Tag! Könnte man meinen. Meinte ich! Perfekt für einen Spaziergang durch den Heimweg eines späten Nachmittags. Durch den geduldigen Feinstaub einer steinernen Brücke. Die dem Zerfall näher ist als der Nachmittag. Rüber zum ersehnten Reisebüro. Oder zu einer Lesung. Mit einer begonnenen Geschichte zwischen den stotternden Zähnen. Den ungezogenen. Verplombten. Sie versuchen die wildgewordenen Sätze des Entsetzens zu zügeln. Entsetzen, das erneut am Schwitzen ist. Am aufgehäuften Scheitern. Am Durchbrennen! Einer Herde aufgeschreckter Pferdestärken. Die orientierungslos hin und her treiben. Auf der Flucht! Vor sich selbst! In ihrem aufgewirbelten Staub! Der sich zu einer bedrohlichen und undurchdringlichen Wolke der Beklemmnis aufbäumt. Und mich in beängstigendes Vakuum einhüllt! In den Übergang des Berufverkehrs. In den täglichen Stau. In die verräterische Umarmung der Heimkehr! Dem größten Luxus der Bürger. Den Adolphes der Adolphe-Brücke! Die ihre Pfeiler wie falsche Zähne in das Jammertal der Alzette beißt. Eine blutende Maske in das Gähnen des toten Löwen. Irgendwohin muss es einen ziehen! Dieses Tohuwabohu der müden Stunden, die in meinem gedichteten Leben beben. Kein Ort zum Verweilen! Ein staubiger Spielplatz! Die Geschichte dieser Wurst! Die Spatzen pfeifen es schon von den Dächern der stockbesoffenen Autokolonne. Von den aufgeblasenen Schädeln der roten Löwen. Dem bereiften Büchsenwahnsinnsfleisch der wütenden Heimkehrer. In die primaten Heimaten der Sitten! Es gibt keine Wunder um Punkt 18 Uhr 00! Hat es noch nie gegeben! Aber keine Panik! Das war's! Die letzte der gebrochenen Regeln nimmt Form an. Prima! Denn daraus wird keine ordentliche Geschichte mehr. Es ist nur noch lästige Entwicklungsarbeit. Ein unmögliches Ankommen! Die Lust, dem ein Ende zu setzen. Ein Lösen! Täglich! Der Nabelknoten. An der zipfelnden Grenze der Zeit. Kaum noch vorstellbar! Der Versuch zu entkommen! Es zu steigern! Ein Löschen der Sparflamme. Des Feuers, das mich täglich verbrennt. An besonderen Tagen. Heute! Jetzt! Hier! Auf den Punkt genau! Auf dieser Scheibe! Ameisenbeinscharf! Inmitten der Zeit. Der Heimkehrer! Der Gebeine! Der Feinde der verspäteten Sekunden. Der spärlichen Flammen. Im Alzette-Tal. In dem die taumelnden Heimkehrer haufenweise zu brennen beginnen. Geduldig entfacht. Wie Abschiedsburgen! Verdampfende Tränen! Verstaubte Glutwolken. Überhitzte Stillstandmotoren. Abgas inhalierende Junkies im stillgestandenen Todeskampf. Sie sind hinter mir her! Als habe ich den Stoff, der ihre Träume beschleunigt. Als sei ich das Wurmloch mit dem Tunnelblick in eine andere Zeit. Zu einem anderen Ort. Ich? Das Wurstloch! Der verbogene Brückenraum. Die gekrümmte Sekunde ihrer Heimkehr. Doch leider gibt es da ein Problem! Ich bin der Auserwählte. Extrem instabil! Wenn ich eingeklemmt bin. In der exotischen Materie einer Heimkehrermasse. Habe andere Sorgen! Als mich von Wurstfressern einfangen zu lassen. Spiele nicht das statuierte Exempel! Ende nicht als Warnung! Doch sie bestehen darauf, dass man sie zu respektieren habe. In ihrem himmelkranken Stau. Den sie zu genießen scheinen. Weil er so sicher ist, wie das Amen in der Kirche. Der ihren, wohlbemerkt! Ich bin mir da aber gar nicht so sicher. Ob sie es schaffen werden, mich in meinen blitzschnellen Gedankensprüngen einzufangen. Meine Ungeduld ist so glitschig wie ihr schleimiges Beifahrergrinsen. „Steig doch ein! Ich nehme dich mit bis zur anderen Seite der Brücke. Du kannst dich auf mich verlassen. Ich helfe dir da raus. Der Stau sieht schlimmer aus, als er ist. Glaube mir! Ich kenne ihn wie meine Hosentasche." Das will ich gerne glauben, du Wichser. Jetzt aber haben sie die Brückenenden verbarrikadiert. Mit ihrem Herumgekrieche. Und an ein Vorbeikommen ist unter diesen Umständen nicht zu denken. So nicht! Und das mit den Wundern habe ich auch schon abgehakt. Bleibt mir nur noch Trick 17: Sublimation! Ich muss mich da raus sublimieren. Mich unfassbar machen! Unsichtbar! Unverständlich! Unleserlich! Als ob das so einfach wäre! UN zu sein! Nicht zu existieren. So zu tun, als sei ich ein anderer. Die Hölle! Zum Beispiel! Sie in Staunen versetzen. (Nicht die Hölle! Übertreib es nicht! So schlimm bin ich doch gar nicht.) Denn beides gleichzeitig können Staufresser nicht tun: Staunen und agieren! Ich muss sie in die unbegrenzte Irre des Adolphe-Brückenuntergangs verführen, der um diese Abendzeit am Horizont verpufft wie klatschender Mohn, dem das Strahlen von gestern in den Klamotten einer verheerenden Droge zum Stängel raushängt. Ich muss die gesammelten Staupunkte in die Ritzen und Fugen der Steine und Gebeine sähen, in der aussichtslosen Hoffnung, dass aus ihnen menschenfressende und kautschukschmelzende Rachepflanzen werden. Vertilgende Giganten einer vollkommen verblödeten Unterhaltungsshow. Muss den Kern der stehenden Zeit spalten. Damit sie sich wieder frei entfalten kann. Explodieren kann. Ihre Zwangsjacke zum Bersten bringt. Sich rächen kann. Zeitrache ist schlimmer als Blutrache. Die Zeitbombe ist am Ticken! Die Staupflicht am Ersticken! Sie ist ein Beugen vor diesem Druck. Und auch in den Sekunden steckt zuviel Wut. Und schon schreien armlose Terminatoren und langbeinige Frauen aus der rasierten Entfernung eines unüberbrückbaren New Yorks: „NICHTS IST UNMÖGLICH!" Ich sage nur noch eins: Da wird man ja depressiv und traurig, wenn die wie die Himmelkranken schreien und das Ticken der Zeitbombe übertönen. „Hey!" schreie ich zurück, „was soll das werden? Habt ihr das in einer der Zeitlöcher der Werbeunterbrechung gesoffen? Wie wäre es mit ein bisschen Fantasie? Nichts ist unmöglich! Also wirklich? Ich bin zutiefst enttäuscht. Ehrlich! Das einzig Unmögliche hier seid ihr. Und ihr seid alles! Störenfriede! Nichts ist unmöglich? Ich fasse es nicht......!" Ich muss tatsächlich etwas unternehmen. Habe keine Wahl. Auserwählt ist auserwählt! Abwarten geht nicht. Es tickt! Einer muss den Ausweg finden. Und von mir erwartest du es? MIR? Dem unklarsten Undenker? Trotz sekundenlangem Hinsehen brennt mir nichts mehr unter den Nägeln, als zusammenhangslose Tiraden, ein ständiges Brüllen, das nur darauf wartet, gehämmert zu werden. Durch wurstiges Lesehirn. Deins! Durchgebrannte Augenblicke! Unsere! Pferdegestärkte Invasionstruppen! Eure! Unvermeidliche Niederlagen! Doch was kümmert es mich? Eigentlich? Außer dass ich mitten drin stecke? Wie der Biss in der Wurst! Und von weitem das Wackeln des Brückenkopfes zu deuten versuche. Will es irgendwie verstehen. Eine Verneigung? Nein! Es sind die Bewegungen kleiner Maden. Sie geilen sich auf. Sprudeln vor Aufregung. Auf dem Zipfel einer vermoderten Wurst. Es ist das Ticken des Sekundenzeigers einer geduldigen Zeitbombe. Das stocksaure Stocken eines übersäuerten Staus. Dessen Säure überquillt. Bedrohlich. Ätzend! Bereiftes Unglück. Schwarzes! Vierbeiniges Aussitzen. Unendliches Ausschwitzen. Langbeiniges Gammeln. Unbestimmtes Abwarten. Gestresste Stille. Gehetzte Ruhe. Vor dem Ansturm. Der Heimkehrenden. Blendende Katastrophenstimmung. Die Sturmspitzen rücken näher! Der Todesschuss tröpfelt schon aus ihrer Spritze. Die langbeinigen Frauen lachen sich eine Glücksträne zwischen die Poritze. Terminator fletscht seine Stummelzähne. Allmählich wird es eng. Im Stauparadies! Immer ist es zu eng! Überall! Mir jedenfalls! Die Zeit läuft beschissen an meinen Schläfen runter. 18 Uhr 00: Der Countdown beginnt. Seit Ewigkeiten. Und nicht nur der! Es pocht. Überall! Im Weltall. In den besetzten Gebieten der Autos. Den verbarrikadierten Brückenenden der himmelkranken Traumfabriken. Den Wurstknoten der Geduldigen. Den Reisebüros der Erlösten. Auf dem Biegen und Brechen der langbeinigen Brooklyn-Brückenspaziergänger. Sogar unten im lodernden Alzette-Tal pochen die Flammen entrüstet gegen seine biederen Abgründe. Wie das überhebliche Gelächter bestätigter Zuschauer. Klatsch! Klatsch! Der unübertroffene Abschaum der Heimkehrer klatscht! Sie hängen sich tief rein. In das Ablaufen der Minuten. Das Schänden des Zeitumfangs. Das Absaufen der Gelegenheiten. Es zu verändern! Das getriebene Verstecken. Das stete Einhalten. Es zu entfernen! Zu verwandeln! In eine sublimierte Reise. In eine unbegrenzte Zeit. In der die Zukunft nicht nur ein Vergangenheitsersatz ist. Schau dir mal meinen Ersatz an! Ein gezwungener Augenblick, der tief eingeatmet die Lungen der hupenden Kulisse sprengt. Das Narrentheater der Adolphe-Brücke! Die unbenutzte Narrenfreiheit ihrer Besetzer! Die ersten Anzeichen des Stauinfernos sind da!

Gespannt wie ein Spinnennetz! Und ich bin die gefangene Fliege, die strampelt und unverzüglich surrt, man möge sie hier schnellstens raus holen, sie sei ein Star! So ginge das nicht! Sie habe ein Wörtchen mitzureden. Die Fliege! Bevor die Spinne mich vergiftet und verspeist! Doch dieser Vorgang kann dauern. Noch ist es nicht soweit. Ich erkenne den genauen Zeitpunkt, wo es geschehen muss. Ganz genau! Ganz in der Nähe! Kaum einen Terminatorarm entfernt. Und ich habe keine Zeit mehr zu verlieren. In dieser Geschichte des Scheiterns. Der Besessenheit der Wortkrümmungen. Der es auch gilt, ein sofortiges Ende zu setzen. Dieser Zumutung, die ich mir einbilde, dir um jeden Preis mitteilen zu müssen. Ich habe auch nichts Besseres zu tun. In diesem Augenblick! In dieser Wurst! An deren Ende ich dich mich beobachten sehe. Also! Du willst es wissen? Bist sozusagen geradezu erpicht zu erfahren, ob sich hier und jetzt überhaupt irgendetwas abspielt? Verstehe! Schließlich hast du Vorstellungen! Termine! Erwartungen! An mich! An das Ende! Der Geschichte! Der Wurst! Und an was bitte noch? Ich sagte doch schon, dass du mich beim Wort nehmen kannst. WÖRTLICH! Nimm es wie ich es dir gebe. Es ist nur ein Spaziergang am späten Nachmittag. Dieser Tag ist schon lange gelaufen. Die Sätze der Geschichte sind erschöpft. Ersatzsätze! Kränkeln durch die Ansammlung der bleichen Seiten. Die Störenfriede sind schon fast zu hause. Fast! Und du trampelst erschrockenen Blickes noch immer durch die irreführenden Fußnoten meiner Stauepisode, als machtest du mir damit eine Freude. Als könntest du ihr Ende absehen. Suchst noch immer einen Sinn. In diesem Stau! Versuchst den Knoten zu entbinden. Viel

Glück! Du versuchst sozusagen Seite für Seite mir eine Chance zu geben, dir zu gefallen. Mitzumachen! Mit dir! Dem Stau! Der Wurst! Ach glaube mir, ich gebe mir verdammt viel Mühe. Aber ich bin keiner, der mit dem unkontrollierten Zeitstrampeln mithalten kann. Als befände ich mich im Fluss einer zu einem Ozean aufgebauschten Alzette strampele ich in meinen Untergang und sehe die Welt verkehrt herum. Abgesoffen! Und von unten sehe ich den rissigen Rumpf der Adolphe-Brücke und Scharen in diesen Rumpf gestochener Frauenbeine, die vergeblich nach mir tauchen. Mit geschärften Fußnägeln. Wie die Spieße einer Fleischfondue stechen sie nach mir. Es ist ein himmlischer Anblick. Ich sehe nur die langen Beine, als hingen sie wie küssende Lippen zum Halse des Himmels raus. Den Rest der Frauen scheint es nicht mehr zu geben. Das muss der Anfang des Wahnsinns sein, in den mich dieser Stau allmählich treibt. Wenn das so weiter geht, erzähle ich es dir! Wie es war! Dann mach ich eine Geschichte draus. Dann erkläre ich alles. Jedes Detail! Dann recherchiere ich jede Wettervorhersage und Staumeldung. Analysiere das Stauverhalten eines jeden Heimkehrers. Wie sich die Geschichte entwickelt hat. Wie es dazu kam. Zu diesem täglichen Stau. Zu dem Zerbröckeln der Brücke. Vielleicht erzähle ich dir dann auch die Geschichte mit der Begegnung mit der Frau aus dem Hinterauto und wie nichts aus unserer Familie wurde. Und wieso ich in einem Fensterspalt hängen geblieben einem Terminator begegnet bin. Du weißt hoffentlich, wer Terminator ist? Sonst kannst du direkt aufhören weiter zu lesen! IST DAS KLAR? Jedenfalls sind langbeinige Frauen immer eine Story wert. Egal ob klar oder unklar! Es hat mit den Ameisen zu tun. Mit Sublimation! Um es einmal klar auszudrücken: Ameisenbeine sind geschriebene Buchstaben. Quasi Gedichte! Und die langen rasierten Frauenbeine sind die Wiege der Inspiration eines Dichters meiner Sorte. Und so entsteht dann ein Gedicht. Diese Beine sind die Brücken zur Welt. Glatt und rasiert. Duftend. Dann raschelt und piekst es. Die Buchstaben wachsen langsam zu Wörtern heran. Das sind die Härchen. Nach ein paar Tagen werden sie geerntet. Fertig! Und so hängen sie in meiner Wahrnehmung. An meinem Himmel. Und bedrohen mich und meine gestauten Träume. Haben es satt, sich von mir ernten zu lassen. Meine Brücken zu sein, die ich schlage, um von mir bis zu dir zu gelangen. Zum Beispiel! Deswegen haben sie sich versammelt. Mich in die Alzette geworfen. In den Zopfknoten des Alters. Der Adolphe-Brücke. Und in eine unzumutbare Geschichte. Und sie haben sich von mir abgewendet. Um Terminator aus den Fluten des Hudson Rivers zu retten. Jetzt, wo sie wissen, wie es geht. Und ich stehe entblößt und verdattert auf dieser dämlichen Brücke in diesem anhaltenden Stau und komme weder vorwärts noch rückwärts. Die Zeit ist definitiv stehen geblieben und die Sekunden warten nur darauf, mich aus ihrem geliebten Stau hinaus zu ekeln. Weil ich sie nicht zur Genüge respektiere. Weil ich anfange zu randalieren. Raus muss! Mich befreien muss. Es nicht mehr aushalte! Diesen Wahnsinn, diesen Blödsinn, dieses Gehabe, diese Wichtigtuerei. Diese Krümmung. Da ist nichts flüssig. Da ist nichts locker. So wird das einfach nichts. Da gibt es keinen Fortschritt. Es sind nur noch stehende Punkte. Die mich nicht mehr los lassen. Umzingeln! Zeitgemästete Staubkörner einer unzeitmäßigen Brücke! Ich schleppe die vereinzelten Sekunden wie Blutreserven mit mir rum. Bin eine in ein Zeitloch gefallene Zecke, die es gierig ausschlürft. Die aufgesogene Brücke samt Insassen gleich dazu. In meiner Wahnvorstellung ist alles möglich. Eine grausame Last. Eine Leere. Eine bestechende Auswahl an evakuierten Zeitpunkten, die sich vor mir ausbreitet. Gestrandeter Sand am Meer der Hoffnung. Zwischen Alzette und Hudson River. Und die sich alle gleichen. Alle im gleichen Boot sitzen. Im gleichen Fleischwolf. Mit den hungrigen Zeitmitessern. Den Pickeln im verfressenen Brückengesicht. Das sich in den Fratzen der Störenfriede ausbreitet. Eine wahre Sinnflut. „Friss die Wurst!" Schreien sie erneut. „FRISS SIE!" Und jetzt fängst du auch noch an! Dein Fett abzuschütteln. „Es ist nur Brei! Ist nicht so schlimm. Was regst du dich nur so gekünstelt auf? So, dass es mir schlecht wird. Von deinem Wortschwallen. Mach es wie ich! Nimm es hin! Hab Geduld! Sei kein Spielverderber! Halt die Schnauze! Hör endlich auf, deine unmögliche Geschichte in die Tastatur zu hämmern! Hab doch Erbarmen mit uns! Du benimmst dich wie ein Auserwählter! Du nervst! Du bist nicht besser als wir. Also steh deinen Mann! Reih dich ein! Dein Platz in Reih und Glied ist schon seit Jahren reserviert. Platz Nummer 7: Der Stau hat dich lieb! Du gehörst zu uns. Bist einer von uns!" Denkst du! Aber auch nur du! Ich dagegen blättere durch deinen ausgestandenen Neustart im Abendstau wie durch eine billige Telenovela. Durch den wurstigen Container deiner abgelaufenen Frischhaltefolien. Durch ein Fußballstadium kannibalischer Talibankämpfer. Durch deine automobile Liebe und deinen termingerechten Verrat. Es lässt mich immer kälter. Das Ganze! Das Alles!

Das ZUVIELE! So sehr, dass das Mich-Kalt-Lassen zur Sucht wird! So süchtig bin ich mittlerweile, geradezu besessen, dass ich dir mit gefrorener Gleichgültigkeit deinen schauderhaft epilierten Rücken hinunter sprinte. Um noch schneller anzukommen! Am Knotenpunkt der unerreichbaren Ziele. Am Ende! Deiner Trägheit! Am Arsch! Der Welt! Am Ende des Brückengeländers. Der Adolphe-Brücke. Die sich ins Unendliche zieht. Wie der gezogene Faden Spucke zwischen den erregten Lippen zweier sich trennenden Küsse. Knotenenden, die nie aufhören wollen, sich zu scheiden. Geküsste Spucke, die einfach nicht mehr kann! Als dünne Golden-Gate-Fäden zu ziehen. Die es nicht mehr drauf hat! Zueinander zu finden. Sich zu lieben. Zu vereinen! Ihre geleckten Zungen zu unbefleckten Brücken zu schlagen. Ihr Los endlich einzulösen. Ihre eingeengte Zielstrebigkeit! Ihre staugemeldete Bestimmung. Das Auflösen des Rätselns! Das Sein des Wirrwarrs. Das soll es sein? Das alles zu ertragen? Das muss sie schlauchen. Entmutigen! Die vereinigten Brücken der vor Geduld erstarrten Welt. Die ganzen strebenden Massen! Im Endkampf mit den vergeblichen Sekunden. Im Nahkampf mit den sterbenden Regeln der Belanglosigkeit. Glitschiges Körper an Körper. Das lange Los der Heimkehrer hängt in einer endlosen Schleife. Im Sprung einer tiefen Rille. In der Scheibe einer unwirklichen Musik. Die von ihren unruhigen Motorkolbenschlägen gedrosselt wird. Staccato! Die Stoßdämpfer fest angezogen. Sie sind die gebündelten Steine aneinander geketteter Kurzschlussreaktionen, die zu nichts führen! Als verkehrendem Chaos! Stehendem K.O.! Vollgasendem Ruhestand! Im ewigen Stillstand der heimkehrenden

Störenfriede verwickelt. In unvorhersehbaren Stauvorhersagen eingewickelt! Wie das mütterliche Pausenbrot im Glanz des Stanniolpapiers einer längst vergangenen Zeit. Sei ein guter Bub und schmeiß es nicht in den Müll! Du bist ein guter Junge. Ich habe meine ganze Liebe in das Butterbrot gesteckt. Und es ganz dick mit deiner Lieblingswurst belegt. Nun geh und pass gut auf dich auf! Die Welt da draußen ist voller Gefahren! Ach so? So butterbeschmiert hängen sie in meinem Nachauswegdenken herum, dass ich an ihrem Stillstehen völlig ausraste. Erschüttere! Und nur noch bibbernd vorwärts komme! Schüttelfrostzucken um Schüttelfrostzucken bewege ich mich so unauffällig wie nur möglich in Richtung absolut notwendigem Notausgang. Eigentlich ein unmögliches Unterfangen! Millimeterarbeit! Im Endstadium des Wahns. Im Wahn des Sinns. Im ungestümen Lärm der Wörter, den ich zittrigen Fingers verbreite. Wie eine Flutwelle kreischender Dichter. Die dem Untergang näher sind, als die Heimkehrer dem trauten Heim. Dem Sog der buttergeschmierten Mütter. Dem Smog der geschlängelten Autowellen. Auf der dünnen Vorhaut der Alzette, die zu runzeln beginnt. Wie die Stirn einer urigen Greisin, die ins Grübeln kommt und von einem Ausflug in den Hudson River träumt. Einer längst fälligen Reise durch das zeitige Meer, das sich fest entschlossen zusammen zieht, um in Ruhe darüber nachzudenken, ob es gewillt ist, die jammernde Schmach in sich aufzunehmen. Die der alternden Alzette! Die ein solches Spektakel über sich ergehen lässt. Über ihr! Auf einer verknoteten Brücke! Über dem hoch gelobten Feierabend! Dem Zipfel der verdient geglaubten Ruhe. Die ein verdammt eng gezogener Knoten im Auslaufmodell Arbeitstag ist. Ein Knoten voller Angst. Tage voller Wurst. Heimkehrer voller Schiss. Den sie jetzt bereit sind zu teilen. Mit mir! Zu opfern! Dem zufälligen Brückeneinnehmer. Dem Draufgänger! Auf den Leim Geher. Dem Hängenbleiber. Auf dieser klebrigen Strippe, die sich die Heimkehrer selbst auf die Brücke spannen, um ja nicht in Versuchung zu kommen, dem alltäglichen Stau glimpflich zu entkommen. Und diese mit den Beinen an einer dieser Strippen festgeklebten Fliegen surren um ihr eintägiges Leben und schlagen mit ihren wildgewordenen Flügeln, wie eingekeilte Hochleistungsmotoren auf dem Prüfstand der globalen Erwärmung der geduldigsten Gemüter der zivilisierten Welt. Mit Staumärchen gefangen, mit Autoschlangen gehangen! Ich muss mit dran glauben! An die vorgegaukelten Märchen. Die himmelkranken Botschaften. Muss mit ausgerissenen Flügeln überhäuft und den geklauten Armen eines ausrangierten Terminators bestückt in mein Verderben flüchten. Über ihr Still-Leben trampeln. Als bliebe mir keine andere Wahl! Und im gepanzerten Gedankentross meiner Sehnsucht nach Mehr in diesem Zuviel der überfüllten Langeweile, diesem Störenfried meines spontan ergriffenen Spazierganges über die Adolphe-Brücke, muss ich hier ganz schön Gas geben, um überhaupt diese eine geringe Chance zu nutzen, die sich mir bietet, um sie auszutricksen. Zu überführen. Zu durchqueren. Sie, die Masse der mir in die Quere kommenden. Diese mich vertilgende Wurst ohne Ende. An diesem aufgeblähten Zenit meiner harmlos begonnenen Gedankensprünge in die späten Nachmittagsstunden. Aber wie? Rückenfliegen? Spuren verwischen? Unklarheiten verbreiten? Regeln missachten? Vorurteile ausräumen? Himmelkranke Flügel ausreißen? Die Heimkehrer ignorieren? Den Stau überspringen? Die

Sittenwächter verachten? Die am Ende der Knotenpunkte der Adolphe-Brücke stehen. Wie mahnende Zwillingstürme. Kläglich einfallende Feinstaubstürme. Menschenfressende. Mich vertilgende! (Huch! Schluchz!).....Und bereit sind, meinem gepanzerten Überflug das gelobte Ende zu bereiten. (Jäh! Yeah!)....Lächerliches, beflügeltes Panzer-Ich! Schrottreifes Sublimieren eines aussichtslosen Entsorgungsversuches. Meiner unklar gedachten Staubigkeit. Das Zerfalldatum meiner Irrtümer rückt näher! Die Fingernägel flehen um Gnade. Die getippten Ameisenbeine amputieren meine Sätze. Die strapazierten Heimkehrer sind fest entschlossen, dem ein Ende zu machen. Die gerissenen Fliegenflügel überfliegen das aussichtslose Alzette-Tal. Willenlos! Kolibriflügelschläge! Das Ende steht schussbereit vor dem Aus. Die Zeit ist alleine entscheidend. Alleine mit sich selbst! Ist der einzige Ausweg! So schnell, wie es nur möglich ist. Die Entscheidung muss fallen! Jetzt! 18 Uhr 00. Seit Ewigkeiten! Von Anfang an! Seit ich unbefugt eingedrungen bin. In die Verschwendung der Sekunden, die am Brückengeländer der Adolphe-Brücke hängen geblieben sind. Wie die klebrigen Tränen eines blind herum stampfenden Dichters, dem das Lachen kullernd vergangen ist. Beim Versuch, sich den Tod zu holen? Ein letztes Mal! In einem erbitterten Sprung in das schiefe Wasser der Alzette? Es bedarf keiner ziellosen Erklärung, um es nicht zu verstehen! Alle Wasser dieser Welt sind schief! Ich verstehe es selbst nicht. Das Geschehene. Das Schiefe! Dieser Zeit. Die es nicht schafft, schnurgerade zu vergehen. Eine Sekunde nach der anderen! Zwei Zeitpunkte gleich eine Gerade! Einfach so! Als sei nichts geschehen. Kein Tief über der Kölner Bucht. Kein Hoch auf die Alzette. Keine Wettervorhersagen. Keine Staumeldungen. Kein brückender Spaziergang. Kein gezogenes Los. Keine erfundene Reise nach New York. Keine in Heimkehrern verkrochenen Störenfriede. Kein armloser Terminator. Keine geschwängerte Frau im Hinterauto. Keine besetzte Brooklyn Brücke. Von keinen langen Frauenbeinen. Schluss mit lustig! Diese Beine sind rasiert. Ich habe sie nicht mehr im Griff! Die Länge der Zeit! Sie rutscht aus! Sie! Es! Das Verfolgen der unklaren Gedanken. Das Streben nach Auswegen. Das Überragen der Durchgänge. Das Spannen der Brücken. Das Ausspannen der Sekunden. Das Schlingern um Hindernisse. Das Verhindern der Störfaktoren. Alles! Zu viel! Zu weit! Das aussichtslose Geschmiere der Geschichte. Es entgleitet. Meinen Fingern! Der Stau zeigt sich von seiner ausgeflippten Seite. Ist ein kernspaltiger Vorsatz. Ein grinsender! Der gesprungene Satz in ein Wagnis. Das sich nicht mehr entscheiden kann! Was es bringen soll? In welchen Knoten es sich stürzen soll? Wem es was berichten soll! Da muss einem doch allmählich schwindelig werden! Bei diesem Stau aneinander geketteter Wörter. Die wenig bedeuten. Die sich dennoch nicht lösen können. Von dem Zeitdruck. So sieht es aus! Entbinden! Überbrücken! Füllen! Leeren! Ein spannender Kampf! Übertriebene Härte! Unfairer Wörtereinsatz! Strafzeit angesagt! Gemessene Geschwindigkeitsüberschreitung! Im Verlauf des Rennens! Der Dinge! Genau den vernachlässigten Bruchteil einer Sekunde schneller als die Zukunft. In flagranti ertappt! Die Zeit? 18 Uhr 00. Von Anfang an! Wenn ich mir überlege, was noch kommen könnte? Wie es mich angafft? Vom Ende der Brücke her! Dem Nadelöhr des Adolphes! In einer verkrochenen Brücke! Ein Ende ohne Ende. Ohne Loch! Nichts geschieht mehr! Nichts regt sich. Totenstille! Heimkehrerabnibbeln! Tunnelblickend stürze ich mein Verderben auf ihr fürchterliches Abwarten. Das der versammelten Heimkehrer. Das ihrer ausgestreckten Stinkefinger! Das ihrer diplomatischen Überheblichkeit. ER KOMMT! DA! ER TRAUT SICH! ER WIRD SICH WUNDERN! WIR WERDEN ES IHM ZEIGEN! Und unter meinen kochenden Füßen vibrieren die stillstehenden Autos. Das Brückendildo beginnt zu schwingen. Hin! Her! Hin! Her! Das Zerbröckeln beginnt sich ernst zu nehmen. Die Steine stauben ab. Die Ameisen verlassen das sinkende Traumschiff meiner gedichteten Hoffnungen. Es gibt kein Entkommen aus diesem Theater! Der blasierte Kopfschlächter gleitet in seinen gemütlichen Logensessel und lässt das Spektakel auf Teufel komm raus beginnen. Der Vorhang hebt sich. Das Alzette-Tal verbrennt seine Burgen. Das Konzert der Hupen schmeißt seine Schallwellen in diese Flammen. Die Hintergrundmusik entpuppt sich als Kakophonie! Der auserwählte Held betritt die Bühne. Das staugemeldete Drama fängt gleich mitten im letzen Satz des Geschehens an. Und schon fließen die klumpigen Aderlässe des Träumers unaufhaltsam in die knotigen Enden der Wurst. Der Vorhang fällt! Der Applaus hält sich in Grenzen. Das Spiel ist aus! Das Publikum enttäuscht. Die Zeit gekommen! Kurz und bündig! Reif! Die Knoten ziehen sich zusammen. Wie ein befriedigter Schwanz. Wie stets! Wie immer! Die Enge der Wurst wird unfassbar. Die Alzette verkriecht sich beschämt in die Poritze der Petruss. Das Meer verkraftet diesen Anblick nicht und verdampft in meinen Schweißperlen, die sich einen Dreck drum scheren, dass die untergehende Sonne ihr Nebellicht einschaltet. Damit ich sie nicht ebenfalls ins Unglück ramme. Aus Rache! Aus Versehen! Aus Wut! Auf der Brücke der gestorbenen Träume. Ich kremple die Ärmel meiner gestohlenen Arme hoch. Ich bin bereit zu kämpfen. Zu sterben! Lebend kriegen sie mich nicht! Ich bin und bleibe der Auserwählte. Ich habe mein Los am Schwanz gezogen! Zum Teufel damit! Ich werde es einlösen! Basta! Werde mich rüber quälen und den Heimkehrern ein für allemal die Leviten lesen. Die selbst geschriebenen! Ich werde kopfüber in die offenstehenden Mäuler der Verwunderung springen. Mich selbst zitieren! Meine besten Sätze! Um sie in die totale Irre zu führen. Zu benebeln! Zu lähmen! Werde das Vergehen der Sekunden auswechseln. Früher mit später tauschen. Richtige Antworten mit falschen Fragen quälen. Was soll das werden? Was will er uns sagen? Nachdenkende Heimkehrer werden es schwer haben mit einem wie mir zu kämpfen. Offenmäulige Störenfriede werden ein Klacks sein in meiner hochkarätigen Überheblichkeit. Was kuckst du? Da ich durch diesen Knoten muss, werde ich keine Grenzen mehr anerkennen, keine Regeln mehr befolgen. Schluss und aus! Im Brät der Gewohnheitsfanatiker werde ich der Staubkorn des Anstoßes sein, an dem sie sich die blankpolierten Spoilerzähne ausbeißen sollen. Der Kopfschlächter wird vielleicht gelangweilt applaudieren? Soll er nur! Ich werde darauf gefasst sein. Ich werde mir dankbares Publikum genug sein. Zumal auf dem unerträglichen Gedränge einer verstockten Adolphe-Brücke! Einer mit den schlotternden Gedankenblitzen eines genervten Spaziergängers bombardierten. Der Brücke einer unschlüssigen Geschichte. Der Weg ist deutlich vorgezeichnet. Er führt in die Irre! Noch ahne ich nicht, in welche genau. Wie es aussehen wird. Das Ende! Dieser Wurst! Der letzte Satz! Der letzte Schritt! Der Eintritt in die ewigen Gründe meiner nutzlosen Jagd nach Bewegung. Nach Abwechslung. Nach Erstaunen. Begeisterung. Unvorhersehbarkeit! Die Öffnung der verbarrikadierten Sinne. Die Entfesslung der unlösbaren Knoten. Das endgültige Platzen der gammeligen Würste. Das Auflösen des rätselhaften Staus. Das Befreien von den lästigen Störenfrieden. Es ist unvorhersehbar! Doch die Zeit lässt mir keine andere Wahl! Als es zu schaffen. Zu müssen. Zu versuchen. Wer sollte mich daran hindern? Du? Deine müden Augen? Deine Missverständnisse? Dein Unsinn für Unsinn? Die Ameisenbeinbrücke zwischen uns beiden ist auch nur eine billige Wurst. Ein getipptes Ende. Der wortwörtlichen Welt. Eine gelesene Raserei! In die Länge gezogene Tortur. Spuckfaden? Kussschleimspur? Blickfangnetz? Springer total? Aber jedenfalls eine überfüllte Zumutung! Bullshit! Aussichtsloser Monolog! Stop! Lass uns damit aufhören! FREEZE! Du zuerst! Ich kann es noch nicht! Muss noch die letzten Sätze austeilen! In der Wurst vergrabene. Habe noch mindestens zehn Schritte zu gehen. Muss Ballast abwerfen. So viel wie nur möglich. Leichter werden. Sprungbereiter. Angriffslustiger. Unbekümmerter. Es nicht so ernst nehmen! Der Gefahr weniger tief in die Augen sehen! Sie könnte mich bezirzen. Bezähmen! So tun, als sei ich nicht betroffen. Nicht gemeint! Rein zufällig einbezogen worden. In den überdrehten Zopf dieser Geschichte. Nur ein pfeifender Spaziergänger. Ein unbesiegbarer. Auf dem Irrweg nach New York. Nach drüben! Ins wohlwollende Büro. Der ausgelosten Reisen. Der Sonderangebote wegen. Der geschichtsträchtigen Werbesprüche wegen. Der vorgetäuschten Abwechslung wegen. Ich fühle mich trotzdem ein. Ich bin dabei! Der rasierten Frauenbeine wegen. Die an auslaufenden Tagmodellen wie diesem etwas prickelnde Aufregung in die lahmen Gesichtszüge verspäteter Heimkehrer und verlorener Spaziergänger bringen. Und die Phantasie beleben. Solange sie nicht stehen bleiben und zerbrechen. Diese Nebenkriegsschauplätze! Wie die Pfeiler einer maroden Adolphe-Brücke. Die niemals vorhatte, vorwärts zu kommen. Niemals! Und nie ein anderes Tal überqueren wird, als das der Alzette. Wenn überhaupt! Nie den Hudson River sehen wird. Geschweige denn das Meer! Von dem der sehnsüchtige Schweiß dieser tropfenden Beine nur im Entferntesten träumen kann. Und nur dann, wenn sie in Trance fallen. Die Tropfen! Zufällig von einem wie mir erhascht und genossen. In einem aufblickenden Anflug von guter Laune und Nonchalance. Auf einer dieser elenden Brücken der Atemnot. Des Durstes nach mehr! Diesem Übergang von dem Alzette-Tal in das heimkehrende Ende der Welt. Das mir täglich um die Ohren weht. Staupünktlich! Regelrecht! Störend! Und das alles ist vorhergesagt. Angemeldet. Staugemeldet! Sicher! So sicher wie ich mich jetzt schnurstracks drauf zu bewege. Auf diesen gestauten Knoten am anderen Ende der Adolphe-Brücke. Ihm tief in die Augen schaue. Seinen unkontrollierten Armbewegungen geschickt und ohne Hast ausweiche. Mich durch diesen Knoten zwänge wie der knotige Leitfaden durch diese Geschichte. Entschuldigung! Darf ich mal vorbei? Und nichts geschieht! Nichts! Niemand hält mich zurück! Niemand fällt mir in den vernarbten Rücken! Keiner rempelt mich an! Keiner schaut mir in die Augen! Sie lassen mich vorbei, als sei nichts wirklich endlich. Nichts wichtig genug. Nichts ewig alles! Und kaum habe ich die Darmhaut dieses Knotens durchlöchert und endlich einen Fuß hinter den Stau gesetzt, werde ich von einem unvorstellbaren Brei mitgerissen. Versinke im Strom des auslaufenden Staus. Und werfe einen letzten, verlassenden Blick auf diese Wurst. Das Ende. Der Welt.